たとえ朝が来ても

ブラディ・ドール⑫

北方謙三

ハルキ文庫

JN207945

角川春樹事務所

BLOODY DOLL

KITAKATA KENZO

たとえ朝が来ても

北方謙三

たとえ朝が来ても

BLOODY DOLL

KITAKATA KENZO

目次

1　女房

別の世界が拡《ひろ》がっていた。

トンネルを潜《くぐ》る前とは、陽《ひ》の光まで違うもののような気がする。私は、苦笑した。トンネルを出た通りの名が、リスボン・アヴェニューときたのだ。そのくせしばらく走ると、二の辻《つじ》という古めかしい名の交差点があった。私はそこを右に曲がった。日向見《ひなたみ》通りという、これまた古い名だったが、ちらりと見えた袖《そで》看板の多い通りは、サンチャゴ・アヴェニューと表示されている。

住所と番地を辿《たど》った。

不意に、古い家の多い地域に入った。そこには逆に新しいものはなにもなく、家並みも郵便ポストも店に出ている看板も、みんな古かった。

「なんだってんだ、ここは」

思わず、声に出して呟《つぶや》いてしまうほどだった。それでも、町名と番地は少しずつ近づいてきている。

路地の手前で、車を停《と》めた。降りると、しっかりとロックする。いまでは、このポルシエだけが、私の全財産だった。９１１カレラ２。一年前に、即金で買った。走行は、ようやく八千キロに達している。

番地を追いながら、私は歩いた。まるで東京の下町という感じの家並みで、玄関先に盆栽などが並べられた家もある。

ようやく、見つけた。山崎《やまざき》という表札が、ちゃんとかかっていた。

チャイムを鳴らす。しばらくして出てきたのは、スポーツ刈りにした男の子だった。中学生になったばかりか、と私は見当をつけた。

「お父さんは？」

「いません」

「お母さんは？」

「仕事に行ってます」

「仕事って、どこへ？」

「どなたですか？」

母親の居所を喋《しゃべ》らないというより、きちんと躾《しつけ》がしてあるという感じだった。

「これは失礼。波崎《はざき》という者で、御両親にちょっと訊《き》きたいことがあって、東京から来たんだ」

「母は、夕方まで帰りません」

少年が、足首に繃帯《ほうたい》を巻いていることに、私は気づいた。

「お勤めは、どちらかな？」

「ホテル・カルタヘーナです」

私は頷《うなず》いた。やはり、よく躾られた子供らしい。男の子が二人だと山崎は言っていたが、年齢からして弟の方だろう。

「怪我《けが》は、捻挫《ねんざ》かね？」

「はい。サッカーをやってますから」

「大事にな」

私が言うと、男の子が頭を下げた。

私は車に戻り、通りかかった主婦らしい女に、ホテル・カルタヘーナの場所を訊いた。引き返し、二の辻を過ぎてドミンゴ・アヴェニューとの交差点を右。突き当たったところが須佐《すさ》街道で、そこの塀はホテル・カルタヘーナの塀である。

教え方は非常にわかりやすかったが、突き当たったところにホテルらしい建物はなかった。塀のむこうは、木立である。私は戸惑ったが、塀に沿ってしばらく走ると、ようやく門に行き着いた。

さりげない門だが、これまたさりげなく監視カメラが付いていた。私は、ちょっと肩を竦《すく》めた。門扉が閉じられているわけではない。私は門内に車を乗り入れ、外来と書かれている方へ行った。だだっ広い敷地で、玄関までしばらくかかったような気がした。

駐車場に車を入れる。どこからか老人が出てきて、駐車券を渡した。チップでも要求されるのかと思ったが、渡すともう背をむけて歩み去っていた。

ロビーは広く、左側がフロントだった。

「客ではなく、従業員で、山崎有子《ゆうこ》という人を訪ねてきたんだが」

「従業員に、そのような者はおりません」

名簿をくることもなく、フロントクラークは言った。中年の痩《や》せた男で、ダークスーツをきちんと着こなしている。

「しかし、職場はこのホテルだと聞いたんだけどな」

「当ホテルには、テナントもいくつか入っておりますし、ツアー会社のオフィスなどもございます」

「店やオフィスにひとつずつ顔を出して、訊いて回るしかないのかね？」

「そこの廊下を行かれたところに、ムーン・トラベルという会社のオフィスがございます。そこから訊いていかれればよろしいのではないかと」

私は礼を言った。はじめからその会社に行けと言えばいいのに、とは言わなかった。これが、まっとうなホテルマンというものだ。

ブティックや宝飾店などが並んだ廊下を行くと、すぐにムーン・トラベルと札のかかったドアが見つかった。

中にはカウンターがあり、パンフレットなどが並んでいて、若い男と、それよりかなり歳上《としうえ》の女が座っていた。

「山崎さん?」

私が言うと、女が頷いた。

「波崎という者だが、ちょっと時間を貰《もら》えないかな?」

「どういう御用件でしょうか?」

「山崎進一《しんいち》氏のことについて」

山崎の名を言うと、女の表情がはっきりわかるほど強張《こわば》った。

「いま、勤務中ですので」

「客がいるようには見えないがね」

「勤務時間中ということです」

「終るのは?」

「えっ」

「俺は、どうしても山崎進一に会わなくちゃならないんだ」

「それについてなら、なにもお話しすることはありません。離婚していますし、何年も会っておりませんから」

「籍は抜かれていないので、別居ということでしょう」

「離婚同然ということですわ。裁判をしている余裕も、あたしにはないものですから」

「まあ、夫婦であろうとなんであろうと、俺にはどうでもいい。山崎は、どこにいます?」

「困ります、そんなことおっしゃられても」

「俺も困ってる。だからわざわざここまで来たんだ」

若い男が、立ちあがった。私は、山崎有子を見つめていた。

「あんたね」

男が言う。

「人の迷惑ってことを、考えないのかよ。ここは会社で、いま彼女は仕事中。それぐらい見りゃわかるだろう」

「じゃ、仕事をしてろよ、坊や」

「なんだと」

「ほう。それが、監視カメラまでついてる、一流ホテルで働く人間の態度か。まるで俺が悪いことでもしてるみたいじゃないか」

「してねえと思ってんのか、このタコ」

「やめて、野中《のなか》くん」

「こういう野郎は、口で言ったってわかんねえんだよ」

「やめてよ、ほんとに。あの、帰っていただけませんか。何年も前に別れた主人のことについて言われても、あたしにはどうしようもありませんから」

「そうか。しかし、俺はまた来ますよ」

私は、部屋を出た。

すでに夕方近くになっている。私はロビーの反対側にあるコーヒーラウンジで、勿体《もったい》ぶった名前のついたコーヒーを飲んだ。器も凝ったものらしいが、コーヒーはコーヒーだった。

「このホテルで、食事もできるのかな？」

ボーイを呼んで訊いてみる。

「前日に、御予約をいただかなければなりません」

まったくもって、大袈裟《おおげさ》なホテルだった。

ロビーが見える席で、私は五時半まで待っていた。それから駐車券に判を貰い、ラウンジを出た。従業員専用と書いてある駐車場の方へ、私はゆっくりと歩いた。

「お間違えではありませんか？」

ガードマンが出てきて言った。

「駐車場に行こうと思って」

私は駐車券を見せてとぼけた。

「それは、お客様用の駐車場で、外来と御宿泊の二つの駐車場があります」

「こっちは、従業員専用なのか」

はじめて気づいたふりをして、私は自分の車へ戻った。門を出てしばらく行くと、通用口と書かれたところがあり、そこが従業員の出入りする場所のようだった。

三、四台の車が出てきた。

私は、門から二十メートルほどのところに車を停めた。ショップやオフィスが終る時間なのか、人や車が次々に出てくる。

白い軽乗用車。念のため、ナンバーを頭に入れた。すぐに尾行《つけ》ることはしなかった。

しばらくして、私は山崎家がある方に走り、近所の駐車場に白い軽乗用車がいることを確認した。

もう秋で、陽が落ちるのは早い。

かなりの数のホテルがあった。私は安そうな造りのホテルをいくつか回り、一番安いところに素泊りで宿をとった。街の中心近くで、海にも面していないホテルだった。

フロントで、街の地図を貰った。古くからある小さな村が、いきなり大リゾート地に発展したらしいということが、地図を見るとよくわかった。山崎有子の家は、山寄りの旧市街の真中あたりだろう。

ホテル・カルタヘーナと、山裾《やますそ》にある神前亭《かんざきてい》の二つが、群を抜いて大きかった。

私は、サンチャゴ通りにある小さなレストランで、カレーライスをかきこみ、山崎有子の車を見張れるところまで行った。

まずは、車を見張る。ほかにはバスとタクシーの交通機関があるだけで、車を使う可能性が一番高いと思ったからだ。二日それをやって駄目なら、次は山崎有子の家を見張る。その先は、考えていなかった。

私は、十台ほどの車が並んだ駐車場から、眼《め》をそらさないようにしていた。私のポルシェは、この街ではそれほど目立つ車でもなさそうだった。メルセデスからジャガーまで、何台か走っていた。

十時半を回ったころ、山崎有子が駐車場へやってきた。

山崎に会いに行くのかどうかは、必ずしもわからない。それでも、ひと晩車の中で過すのは、なんとかまぬがれたようだ。

白い軽乗用車は、日向見通りを東へむかって走り、二の辻を過ぎ、ドミンゴ通りとの交差点で左折した。突き当たりは、山際《やまぎわ》新道という表示が出ていて、左へ行けばトンネルの入口、右へ行けば須佐街道と合流する。

有子は右折したが、二百メートルほどで停まった。右側は寮や保養所で、左側は公園やグラウンドがある場所だった。

時々車が通るだけで、人の姿はほとんどなかった。

有子は、公園の中へ歩いていった。公園には街灯があるが、暗がりも多い。姿を見失わないように、私はいくらか距離を詰めた。

いきなりだった。私は体当たりを食らい、二、三メートル吹っ飛ばされた。すぐに腹に蹴《け》りがきた。ひとりではない。躰《からだ》を丸めて転がり、私は立った。三人。二人が、同時に体当たりをかましてくる。私はひとりの顔に右のストレートを叩《たた》きこんだが、背後からの体当たりで、また吹っ飛ばされた。執拗《しつよう》に靴が追ってくる。立った。ひとりにぶつかり、抱えあげようとした。脚を蹴られ、膝《ひざ》が折れた。抱えこんだひとりを、私は放さなかった。もつれて倒れる。馬乗りになったが、一発も叩きこまないうちに、蹴り倒された。三人の中に、山崎はいない。それを確かめ、私は背中を丸くした。

腹に、続けざまに蹴りがきた。

それで終りだった。足音が遠ざかったので、私は徐々に躰をのばし、大の字になった。水銀灯が、やけに眩《まぶ》しい。眼を閉じた。しばらく、その姿勢でじっとしていた。躰の方々に、熱いような感じがある。骨などは、折れていないだろう。蹴られる時も、できるだけ急所は庇《かば》っていた。

ゆっくりと、上体を起こした。腹のあたりが、一番ひどい。強張っていくような痛みが、まだ続いている。

立ちあがり、水銀灯のポールに手をついて、私は胃の中のものを吐き出した。

2　治療

まったく手がかりがないわけではなかった。

私はまず、ホテル・カルタヘーナの通用門を張った。ホテルの従業員が、次々に出勤してくる朝の時刻だ。有子の、白い車も入っていった。私は通用門が見渡せる、旧市街の路地の奥に立っていて、人の出入りが少なくなるまで一時間ほど見張った。

それから、中央広場と川を挟んだ位置にある、マリーナを見張った。ムーン・トラベルの重要な仕事は、クルージングなどであると調べたのだ。所属のクルーザーは三艘《そう》で、ほかにモーターボートが数隻いる。

私はマリーナを歩き回り、三艘の船を確かめた。一艘は、六十フィートはありそうな、二本マストの帆船だった。

クルーらしい人間の溜《たま》り場にも、顔に痣《あざ》のある男はいなかった。諦《あきら》めなかった。午後になれば、もう一度ホテルを張ってみるという手もある。

昼食のために中央広場に戻り、役場や銀行が並んでいる通りを歩いている時だった。駐車場から、やたらに大きな音楽が聞えてきた。古いアメ車のコンバーチブルで、運転している男の眼のまわりに、蒼《あお》い痣があった。サングラスをかけ直した時に、それが見えたのだ。

おあつらえむきに、派手な車に乗っていてくれたものだ。

私は、ジーンズにジャンパーにサングラスで、きのうのスーツとはまるで違う恰好《かっこう》をしていた。むこうが気づいた気配はない。

一発だけストレートを決めておいたのは、そのために十発は多く蹴られたとしても、無駄ではなかった。私は昼食を諦め、自分のポルシェに戻り、待ち続けた。男は昼食にやってきていたらしい。一時間ほどで、煙草《たばこ》の煙を吐きながら戻ってきた。フルオープンにしたコンバーチブルで、また音楽を撒《ま》き散らしはじめる。

走っていくコンバーチブルと充分な距離をとって、私は付いていった。

男はちょっとした広場に車を駐《と》め、パチンコ屋に入っていった。私も、少し遅れて入った。客ではなく、店員のようだった。

私は、両替した千円を、あっという間にすった。まったく、いまいましい街だ。

店員は、胸に名札をつけている。私は、玉を買うふりをして、男の脇《わき》を通り、名札を見た。室井《むろい》と書かれている。

パチンコ屋を出、コンバーチブルが駐めてある広場へ行くと、私はボディに三カ所ほど傷をつけてやった。そこは広場と言っても、四台ほどの駐車スペースがあるだけで、いずれなにかが建てられるようだった。

　番号案内で調べて、パチンコ屋に電話を入れる。

　室井さんをと言うと、店長ですね、という声が返ってきた。

「あんた、恨み買ってるね、店長。もっと玉を出さないからだよ。それに、あんな派手な車に乗るもんじゃない」

「なんだよ、あんた。誰なんだ?」

「俺も客だが、俺の十倍はすったおっさんが、あんたの車に傷をつけて帰っていった。よっぽど腹が立ったんだろうな。最後に、一発蹴っ飛ばしてたぜ」

「なんだと」

「須佐街道を、別荘地の方へずっと走っていった。白っぽい軽トラックだよ。ありゃ、農家かなんかだな。たまたま見かけたんで、教えてやってる。おたくの店にゃ、時には儲《もう》けさせて貰うこともあるんでね」

「俺の車に、傷をつけたってのは、ほんとか?」

「ああ。百円玉かなんかで、擦《こす》ったね。俺は歩いてて、その音でふりむいたんだ」

「誰だ、おまえ」

「まあ、儲けたお礼だとでも思ってくれ」

　電話を切った。

私はポルシェを須佐街道に回し、しばらく待った。

血相を変えた室井が、私の脇を駈《か》け抜けていった。かなり飛ばしていて、邪魔な車がいると派手にクラクションを鳴らしている。

私は、百メートルほど遅れて付いていった。

別荘地を抜けると、海沿いの道になった。山がすぐ海際まで迫っていて、崖《がけ》にへばりついたような道は曲がりくねっていた。しばしばコンバーチブルの姿は消えたが、ほかへそれる心配はない。

道はやがてゆるやかな下りになり、浜のある場所に出た。室井はかなり飛ばしていて、ずっと遠くにいた。百キロ以上は出しているだろう。それでも、諦めたのか、浜のそばで停まった。車を降りて、しゃがみこんでいるのが見える。傷の深さでも調べているのか。

近づいてきた。私は、わざわざ中ぶかしを入れながら、ギアを二段落とし、コンバーチブルの後ろに停めた。

「故障かね？」

私が言っても、室井はちょっと顔をあげただけで、指さきでボディの傷を撫《な》でている。

「アイアンバンパーってのがいいね。乗ってるやつが気に食わないが」

ボディを蹴りつけると、室井が弾《はじ》かれたように顔をあげた。

「似合うやつと似合わないやつがいる。アイアンバンパーってやつはな。ただ磨きあげただけじゃ駄目さ」

「喧嘩《けんか》売ってんのか、てめえは」

「まあね」

もう一度、ボディを蹴った。室井は信じられないものでも見るような眼をしていたが、低い姿勢のままいきなり私に飛びついてきた。私はステップを踏んで横にかわし、擦れ違いざまに後頭部に肘《ひじ》を打ちこんだ。

這《は》いつくばった室井が、すぐに立ちあがってくる。威勢のよさだけで、弱い相手を選んで喧嘩をしてきた男だろう。すべての動きが、威圧するように大きかった。殴りかかってきた室井の懐に飛びこみ、左でボディを、右で顎《あご》を打った。室井の膝が折れる。倒れる前に胸ぐらを摑《つか》み、防波堤まで押していって、砂浜に突き落とした。三メートルほどの高さだ。

私が飛び降りた時、室井はようやく立ちあがろうとしているところだった。蹴りあげる。四度腹を蹴りあげると、室井は動かなくなった。荒い息をしている。

「なんでやられてるのか、まだわからないようだな」

室井が、うつろな眼で私を見あげてきた。

「記憶力も悪い。きのうの夜のことも、忘れちまったか」

「てめえ」

室井が声をあげた。

「やっと思い出したか。顔に印をつけてやったのはおまえだけだったからな。ほかの二人は、どこにいるかわからないんだ」

起きあがろうとした室井の顎を、私は体重をかけて蹴りあげた。

大の字に倒れた室井を見降ろし、私は煙草に火をつけた。一本喫《す》う間、私はなにも言わなかった。短くなった煙草を、室井の顔に押しつける。低い叫びを、室井があげた。

「死ねよ」

蹴りつける。うつぶせになるまで、蹴りつける。それから頭に足を載せ、体重をかけた。室井の顔が、砂の中にめりこんでいく。室井がもがく。私は片足を室井の頭に載せたまま、もう一方の足で脇腹を蹴りつけた。

足をどけると、室井は大きく息をした。その頭を、もう一度踏みつけた。何度かそれをくり返し、私はまた煙草に火をつけた。秋の海は冷たそうで、結構波もあった。岩礁《がんしょう》で、波が砕けている。沖の方には島があった。

「やめてくれ」

近づくと、室井が言った。とうに小便は洩《も》らしていて、股《また》のあたりが砂まみれになっていた。

「まだ生きてたのか、おまえ」

「やめてくれ、頼む」

室井が起きあがろうとする。私は、腹を軽く蹴った。室井の躰には力が入らず、悲鳴も細々としていた。

「誰に、頼まれた？」

「なにを？」

次の瞬間、私は続けざまに室井の口を蹴りつけた。歯が飛び散っている。蹴るのをやめても、室井はしばらく動かなかった。

「歯は、入れ歯にすりゃいい。命のスペアはないぜ」

「言うよ、言う」

歯がないせいか、室井の発言は聞きとりにくかった。

「誰に、頼まれた？」

「水村《みずむら》さんだ」

「なにをやってる男かな？」

「会長の秘書みたいな人だ」

「どこにいる？」

「S市の事務所だ。きのう、電話を貰った。山崎有子を尾行《つけ》るやつがいるから、ちょっとばかりかわいがれって」

「なぜ？」

「知らねえ。ほんとだ」

「会長ってのは？」

「会長は会長だよ。俺は会ったこともねえ。会社の会長なのかどうかも、わからねえ。みんな、そう呼んでるだけだ」

「山崎有子と水村は、親しいんだな」

「そんなことは、ねえと思う。というより、水村さんと若月《わかつき》は、仲がよくねえ。なんで若月のとこの社員に、俺たちがなにかしてやらなくちゃならねえのか、わからなかった」

「おまえの店の経営者は、つまり会長か？」

「いや、社長がいる、社長は水村さんにペコペコしてる」

　どういう人間関係かは、よくわからなかった。室井も、よく知りはしないのかもしれない。訊き出せることは、これ以上ないだろう、と私は思った。

「山崎有子は、よく知ってるのか？」

「知らねえ。ムーン・トラベルの社員だってことぐらいは知ってるが」

　室井は、砂の上に躰を横たえたまま、起きあがろうともしなかった。顔は脹《は》れあがり、人相が変ってしまっている。

「歩けるか？」

「水村さんにゃ、俺が喋ったとは言わねえでくれ」

水村は、こわもてらしい。そして私を殴らせたのは、水村のようなものだ。

「誰にも、喋りゃしない」

室井は、まだ横たわったままだった。

「立てよ。立ってみろ」

穏やかに、私は言った。室井が、まず首を持ちあげ、それから呻《うめ》き声をあげながら上体を起こした。

「なんとか、歩けそうだな」

私は室井を立たせ、防波堤の階段のところまで歩かせた。

「あんた、この街を出た方がいい」

大きく息をしながら、室井が言う。階段は、一段ずつ両足を揃《そろ》えるようにしてしか昇れなかった。

「水村さんは、甘くないぜ」

「まあ、おまえに治療費と慰謝料を払ってからにしよう」

室井がなにか訊き返そうとしてきたが、私は構わず車のところまで歩いた。

「アイアンバンパーに、ベンチシートときてる。しかもよく手入れしてる」

私はアメ車に乗りこみ、付いたままのキーに手をのばして、セルを回した。顎をしゃくると、室井は大人しく助手席に乗りこんでくる。

「どんな治療がいいかな。手術ってのは、あまりぞっとしないだろう?」

「病院は、てめえで行く。金さえ貰えりゃ、俺はいい」

「そうか」

私は車を出した。コラムシフトというのも泣かせた。重い躰を揺さぶりながら、アメ車が走りはじめる。

「こんな治療ってのは、どうかな」

私はアクセルを踏みこみ、ハンドルを切って両腕を突っ張った。防波堤とは反対側の崖に、車は鼻先から派手に突っこんだ。ラジエターが毀《こわ》れ、蒸気をあげはじめる。室井は、上半身をフロントグラスに突っこんでいた。

私は車を降り、ポルシェのところまで歩いて戻った。

3　ジャズ

ドアを押して入っていくと、カウンターで客と話をしていた有子が、弾かれたように顔をあげた。

野中という若い男と、もうひとり奥の席に男がいた。

「外でパーティをやろうなんて、考えない方がいいわけだ」

客が言っている。

「船酔いされる方がひとりでもいらっしゃると、パーティ全部が愉《たの》しいものではなくなる可能性が強いと思います」

船上パーティの話らしいが、有子の受け答えはしっかりしていた。私はパンフレットをとって、中を見はじめた。野中という男は私を睨《にら》んでいたが、もうひとりはデスクに帳簿のようなものを拡げ、なにか呟き続けていた。私の方は見ようともしない。

無線機が置いてあり、それに呼出しが入ったらしい。手馴《てな》れた仕草で、男は無線機を取り、応答をはじめた。

「それじゃ、こちらの希望としては、明るいうちにどこかの湾で食事をして、それからサンセットクルージングで。それで見積りを出してくれないかな」

「十八名様でございますね」

「そう」

客が立ちあがる。客が出ていくまで、私はパンフレットを見続けていた。

「水村とは、どういう関係なんだね、山崎さん?」

私が言うと、有子の表情がまた強張った。

「あんたね、きのうからなに言ってんだ。山崎さんが迷惑してるのがわからねえか」

「黙ってろ、坊や」

私は煙草に火をつけた。

「きのうは穏やかに話したが、今日も同じとはかぎらんぞ」

「ほう、威《おど》してんのか、俺を」

「山崎さんと話をさせてくれ、と言ってるんだ。客がいる間は遠慮してた。しかし、ここまでだ。俺は、袋叩きに遭うためにこの街へ来たんじゃないし」

野中が、私の顔を見た。サングラスをはずしてみせる。顔の痣が、はっきりとわかるはずだ。

「水村と、どういう関係だね？」

「知りません、あたしは。帰ってください」

「あんたが、水村に頼んだと解釈してもいいんだな？」

「頼むなんて、そんな」

「じゃ、なぜ俺はサッカーボールみたいに蹴られなきゃならない？」

「知りませんよ」

もうひとりの男の姿が、いつの間にか消えていた。ドアはひとつではなかった。

有子が、最後の武器を使いはじめた。つまり、泣き出したのだ。これは、ちょっと閉口する。私は灰皿で煙草を消した。

「わかったよ。俺は水村と話をつけることにする」

有子の表情が泣き顔からちょっと動きはじめたが、私はそのまま背をむけ、ムーン・トラベルのオフィスを出た。

駐車場のポルシェのドアノブに手をかけた時、声をかけられた。

オフィスで、無線をとっていた男だった。

私と、それほど変らない年齢だろう。

「若月って者《もん》だよ」

「俺は、波崎という」

「波崎さんね。水村がどうのと言っていたが」

ムーン・トラベルの社長が若月で、水村とは仲が悪いということは、室井から訊き出していた。

「あんたに、関係はないな」

睨み合う恰好になった。人ぐらい、殺していそうだった。そう感じさせるものがある。

「物騒な街だね、ここは」

「そうでもないよ。いかにもリゾートって感じが、いけすかないという人は多いが」

「俺は、水村に用事があるわけじゃない。山崎有子の亭主に会いに来ただけさ」

「らしいね」

野中から話を聞いたのだろう、と私は思った。

「そこに水村の名前が出てくるんで、俺は気になってるわけさ。あの男が出てきて、いい事が起きたためしはない」

「関係ないな」

「まあいい。俺はよく、『てまり』というバーで飲んでるよ。今夜は、ジャズの日だな。あんた、ジャズは？」

「唄《うた》は、みんな嫌いだね。唄だけじゃなく、音楽はみんな嫌いだ」

「つまり、耳が悪いんだ」

「そんなのを気にしていられないほど、運も悪いよ」

私が言うと、若月は白い歯を見せて笑った。自分でも船に乗るのか、浅黒く陽焼《ひや》けしている。

私は、ポルシェに乗りこんだ。

すでに夕方だった。ホテルのそばで夕食をとり、部屋へ戻るとシャワーを使い、髭《ひげ》を当たった。

何日もホテルに泊っていられるほど、いまの私の懐は暖かくはなかった。財布が空っぽになれば、ポルシェしか売るものはない。

財布の中身は、昔からあまり気にしたことはない。空っぽになりかかると、どこからか入ってきたものだ。何人かの女と同棲《どうせい》もしたが、女から搾り取ったこともなかった。

私はベッドに寝そべり、しばらく天井を見あげていた。

この街へ来れば、山崎進一に簡単に会えると思っていたが、そううまくは行きそうもなかった。予定外のことが、多すぎる。はじめから、もう一度考え直した方がよさそうだった。

しばらく、うとうととした。

それからベッドを這い出し、スーツを着こんだ。二着持っていたが、一着はきのうの乱闘で、擦り切れてしまっていた。

フロントで、『てまり』の場所を訊いた。

歩いて、すぐそばのところだった。

カウンターと、ブースが二つある小さな店だ。バーテンと女が二人。従業員はそれだけらしい。客は六人ほどいた。

私はカウンターに腰を降ろし、ボトルの値段を訊いた。滅多にこういうことはしないが、懐が心細くなっているので仕方がなかった。

安物のバーボンを一本、註文《ちゆうもん》した。ぶったくりの店ではないらしい。

「ソーダで割ってくれ。ステアはしなくていいから」

「ガスが飛んでしまうのが、お好みではないんですね」

バーテンが笑った。まだ若い。髪をオールバックできれいに撫でつけているが、少年らしい印象を隠しきれていなかった。

「ここは、地元の客ばかりかね？」

「いえ、ホテルにお泊りのお客様も、よくお見えになりますよ。地元の人間の数は、もともと少ないですから」

「君は？」

「私は、隣のS市の出身でございます」

「トンネルひとつで、まるで違う国に来たみたいな気分になるね」

「皆様、そうおっしゃいます」

音楽がかかっていた。多分、ジャズだろう。音楽の違いは、実際よくわからない。

「ジャズだね。明日は、なにを流す？」

「カンツォーネでございます」

「きのうは？」

「ファドです。毎夜音楽を替えていることを、よく御存知で」

「若月から聞いた」

「ああ」

若月の名を出すと、バーテンの態度のどこかに、親しみが滲《にじ》み出してきた。感じの悪い店ではない、と私は思った。

ブースにいる客は、グループのようだ。

騒々しさが、私は大して気にならなかった。旅行に来てはしゃいでいるという感じなのだ。

「おかしな街だな、まったく」

「そう思われますか」

バーテンが、含み笑いをした。

「ホテルが十軒以上になってから、この街はいろいろと変ったようでございまして。通俗的になった、と言われる方もいらっしゃいます。もっとも、そうならなければ、うちのような店はやっていけませんが」

「いい店だよ」

私は、出されたバーボンソーダを口に運んだ。ウイスキーのソーダ割りを、頑固にハイボールと言い続けている男を知っている。言い方を変えることで、自分まで変ってしまうと恐れているようにさえ思えた。

ドアが開き、若月が女を連れて入ってきた。

「よう」

私を見て片手をあげる。女は、黒いセーターに黒いタイトのスカートだった。どこか、そそるような眼差《まなざ》しをした女で、私を見て口もとだけで笑った。

「違う糸を手繰《たぐ》った方がいいんじゃねえか」

私の耳もとで、若月が言った。

「山崎有子は、二人の息子を抱えて、ちゃんと生きてきた女なんだ」

「だろうな」

「水村になにかを頼んだというのが、俺としちゃひっかかってるんだが」

「なにかじゃない。俺をぶちのめして、亭主を捜せなくすることを頼んだ」

「あんたをぶちのめすというのは、頼まれた水村が決めたことだろう。どうしていいかわからずに、彼女は水村に頼んだんだ」

「俺は、山崎にさえ会えりゃいい」

「この街に戻ってないのなら、彼女は俺に相談したはずだ。戻っていて、姫島《ひめしま》の爺《じい》さんともなにか関係があるから、水村に頼んだんだろうな」

バーテンは、見馴れないボトルの酒を、ストレートで若月の前に置いた。ラベルを見るかぎり、スコッチではあるらしい。

「この通りにパチンコ屋があって、そこの店長がズタズタにされたらしい」

情報は、もう若月にも伝わっているのだろう。室井のことを、若月が私と結びつけていることは、口調でわかった。

「十倍やり返す。そうやって生きてきた」

「わかるよ」

「山崎有子にゃ迷惑はかけない。山崎の居所を知ってたら、教えてくれないか」

「二人が、まだ愛し合っているとしたら？」

「俺としちゃ、なにがなんでも山崎と会わなきゃならん理由がある」

「だろうね。ぶちのめされても、街を出ていかなかったんだ」

若月が、グラスを呷《あお》った。

「ストレートは、最初の一杯だけよ、ソルティ。二杯目からは、水で割ること。それでなくても、あんたの肝臓は、ゴール寸前のマラソンランナーみたいなんだから」

女が言った。若月は苦笑している。

「姫島の爺さんというのが、会長かね。そうか、姫島という名か」

「それは、住んでいるところさ。変った爺さんで、ここの沖十二海里の島に住んでる。行こうとしても無駄だぜ。ドーベルマンが二頭いるし、水村っていう犬もいる」

「あれは、姫島というのか」

私もバーボンソーダを飲み干した。ソーダ割りを二つ、バーテンは作った。若月も、私と同じようにステアが嫌いらしい。

「どうするんだい、これから？」

「わからんよ。この街へ来れば、山崎と簡単に会えると思っていた」

「室井なんてのはどうでもいいが、ひとりで水村と事を構えるのは、ちょっとしんどいと思うぜ。甘い男じゃない」

「そんなことを気にしていられる状態じゃないんでね」

「俺も、水村は手強《てごわ》いと、ただ教えただけさ」

若月が笑った。

「ソルティってのは、どういう意味だ？」

「俺のニックネームでね。群秋生《むれしゅうせい》という小説家のプレゼントさ」

聞いたことはある名だった。しばらくして、本を一冊読んでいることを、私は思い出した。日本でより、海外で売れている作家だ。この街に住んでいる、という週刊誌の記事を読んだような気がした。

ドアが開いた。入ってきた男を見て、私は身構えた。

男が放っている気配は、筋者《すじもの》と呼んでいいほど単純なものではなかった。店の照明のすべてに、いきなりブラインドでも付けたような感じだった。しかし、それに反応したのは、私ひとりだったようだ。

「室井が、半殺しにされたみたいだな」

男が、低い声でバーテンに言った。

「あいつなら、やられかねないと思いますよ、俺は」

「その辺にいるやつがやったんじゃないか、と俺は思ってる」

「マスター、冗談はやめましょうね」

若月が言った。この暗いばかりの男が、経営者らしい。

私は、二杯目のバーボンソーダを飲み干した。男はカウンターに入るでもなく、スツールに腰を降ろした。バーテンが、私の前にバーボンソーダを置く。

音楽のボリュームが、いくらか大きくなった。

「ロックはやらんのかい？」

「土曜日さ。しかし、この店に来るのはやめた方がいい。女の子が二人、踊り狂う日でね。客にとっちゃ、災難しかない日でもある」

若月が言う。男が、口もとだけで笑った。

「こちら波崎さん。どうも、うちの山崎のもと亭主を捜しに来たみたいでね」

男が頭を下げたので、私も軽く目礼した。

「もとの亭主じゃない。その証拠に、籍も抜けていないじゃないか」

「籍なんてもんは、紙一枚で決まるもんだろう。もとと言うのは、気持の問題としてそうだろうという意味さ」

男が、私を見つめている。

「須田《すだ》です」

眼が合うと、低い声でそう言った。

4　信号

店を出ると、若月だけが付いてきた。

「俺はもう、かなり酔ってるよ、ソルティ」

「ほんとうに親しい友人にしか、俺のことをソルティとは呼ばせない」

「だから酔ってるんだな、あんたが親友に見えるんだ」

「もう一軒、行こうじゃないか」

「悪いが、今夜はもう充分だね」

財布の中身が、充分ではないのだった。酒ならボトルを一本空けてしまったところで、酔いはしない。

「そこは、俺の稼ぎじゃ、行くのがちょっと苦しい。俺も、好きこのんで行こうとは思わないが、あんたに会わせたい人がいる。勘定は、その人が払ってくれる」

若月は、まるで私の財布の中身を覗《のぞ》いたような口調で言った。

「そばに来て話をした人間の分は、みんな払っちまうという鷹揚《おうよう》な人でね」

「呼び出してこいよ、外に」

「それは無粋《ぶすい》と受け取る男なんだ」

歓楽街の路地を、しばらく歩いた。

下品な客引など、ほとんどいない。いかがわしいサービスをする店がないわけではないが、路地の奥でひっそりと客を待っているという感じだった。こういう場所には、私は鼻が利いた。

小さな入口だった。ドアを開けてもすぐには、中が見えないようになっている。しばしば顔を出す店らしく、ボーイのひとりは若月に笑って挨拶《あいさつ》した。

ショータイムで、店の照明は落ちていたが、若月は迷うことなく歩き、カウンターに腰を降ろした。でかい男の隣に私を座らせる。バーテンに指を二本出しただけで、オン・ザ・ロックが二つ出てきた。

ステージでは、銀ラメの躰の線が浮き出るドレスを着た女が、ものうい感じで唄っていた。私の隣のでかい男は、グラスを持ったまま唄を聞いているようだ。女の方は見ようとしていない。

ブースの客を見定めることは、ほとんどできなかった。女の子たちも、ずいぶんといるようだ。私は、スポットを浴びている女だけを見ていた。見る価値はある女だった。

二曲終ったところで、拍手がおき、店内が明るくなった。歌手の女は、そばに来て若月になにか囁《ささや》いて笑った。その時、女の手は若月と私の肩にかけられていた。

「あいつは、一日に一回俺と一緒にいられりゃ、満足なんだ。今夜は『てまり』で一緒に飲んだし」

若月が連れていた女のことを言っているのだろう、と私は思った。歌手は、さらになにか言い、笑った。ステージで見るよりいくらか老けていて、若月や私と変らない年齢だと思えた。

歌手の女が奥へ行くと、若月はオン・ザ・ロックを飲み干した。

「ちょっと面倒になりそうだし、うちの従業員も絡んでいることなんで、一応耳に入れておこうと思ったんですが」

若月が言う。私を通り越して、図体《ずうたい》のでかい男と喋っているのだ、ということが途中からわかった。

「この人が、山崎有子の御主人を訪ねてきましてね。そのとたんに、何発か食らったらしい。この近所のパチンコ屋の店長がひとり入ってて、そいつとは自分で決着《けり》をつけたみたいです」

「山崎が？」

男が、はじめて口を利いた。

「忍《おし》という者です」

私にむかって言う。どこか、礼儀正しいところから、はみ出しているものがあった。私も、自分の名を言った。

「どうも、水村が絡んでいましてね」

若月が言うと、忍が舌打ちをした。

「また、姫島の爺さんか」

「ちょっと、面倒ですよね」

「姫島の爺さん絡みだから、トラブル好きのソルティが、話をひとり占めせずに俺のところへ持ってきたわけか」

「うちの従業員絡みではあるし、突きつめれば俺自身のトラブルにもなりますしね」

忍が煙草に火をつけた。

「東京ですな。山崎は出所してから、ずっと東京にいたし」

「そうです」

私は、オン・ザ・ロックを飲み干した。バーテンが、すぐに新しく作った。ロイヤルサルートというやつだ。

「なぜ、山崎はこの街に？」

「それを、俺も確かめたいんですよ。俺以外にも、追ってくる人間がいることも考えられるし」

「なにがあったんです」

「言いたくありませんね。山崎に会わせてくれるというなら別ですが」

忍は、五十をいくつか回ったというところだろう。それ以上、しつこく訊こうとはしなかった。

「山崎がここへ戻ってきて、捜しに来た君が水村の息のかかったのに襲われた。そういうことですな」

「俺は、水村ってやつは知らない」

「知らない方がいい相手だ、とは言えるがね。もうやり合った恰好になってる。面倒は覚悟しておいた方がいい」

「男をひとり、捜しに来ただけですよ」

「道を歩いていても、トラブルに首を突っこんじまうやつがいる。ソルティみたいにね。君も、似たタイプかもしれんな」

忍が、指でグラスを弾いた。澄んだ音がした。バーテンが、素速く新しいグラスを出した。氷が、丸く削られている。その方が、溶けるのが遅いのだろう。

「姫島へ行くには、どうすりゃいいんです？」

「なぜ、姫島へ行きたい？」

「いままでの話をまとめると、なんとなく山崎は姫島にいそうな感じじゃないですか」

「なんとなくで、行くようなところじゃない」

私は煙草に火をつけ、二杯目のオン・ザ・ロックのグラスを光の方へ翳《かざ》した。

「やろうと思ったことは、一応はやって生きてきたんですよ」

「やるのは、勝手さ。ソルティは、自分のとこの従業員が関係していることで、なんと言うかわからんが」

「俺が山崎有子を雇ったのは、忍さんの紹介じゃありませんでしたっけ。保証人には自分でなる、と言ったはずですよ」

若月が言葉を挟んだ。

男が入ってきて、若月の隣に腰を降ろした。かなり酔っているようだ。

「三崎《みさき》れい子の唄は終っちまったのか。おや失礼、ホテル・カルタヘーナの総支配人もいらっしゃいましたか」

ホテルの総支配人と言えば、社長のようなものだろう。あの高級を気取ったホテルの社長が、この忍というわけだ。

「ソルティ、おまえの隣にいる男は、どこかのやくざか?」

男の口調は、やはり酔っていた。

「よく知らないんですよ」

「しかし、俺の知っているやくざと、よく似ている」

「やくざっぽい商売をやっていそうだ、と先生はおっしゃってるんでしょう。忍さんが、やくざを決して店やホテルに入れないことは知ってるんだから」

先生と呼ばれる職業を、私はいくつか思い浮かべた。医者にしては、崩れすぎている。政治屋にしては、あまりに不躾《ぶしつけ》すぎる。しかし私は、男の顔に記憶があった。

「小説家の、群秋生氏」

忍が、低い声で言った。英語圏で何百万部も売れるという本を書いている作家だ、ということを私は思い出した。一冊しか、読んだことがない。

「君の顔は、やくざにしか見えないな」

群秋生の口調は、いくらか絡んでくるようだった。忍も若月も苦笑しているので、ふだんからこうなのかもしれない。

「そのスコッチ、俺にも一杯恵んでくれないかな、忍さん」

「いいですよ。先生のオタールを、私はこの間勝手に飲んだばかりだし」

「ほう、経営者がそんなことをするのかね？」

「私の所有物ですが、責任者はほかにいます。つまり、その男の眼を盗んで、飲んじまったんです。先生が気に食わなくてね」

「よせよ」

「言わせていただきますよ」

「今度の、小説のことだろう?」

「救いがない。一見、救いはあるが、主人公はほんとうには救われていない。先生、私は金を出して本を買っているんですよ。それがどうして、いつまでも悲しさを引き摺《ず》るような思いにならなくちゃならないんです」

「雲行がよくないな。ソルティ、どこかもっと気取ってない店へ行こうか」

「れい子の唄が、とても重苦しかったですよ。あれは、夕方本を読み終えたばかりでね」

出されたオン・ザ・ロックを、群秋生は舐《な》めるようにして飲みはじめた。

若月が腰をあげた。

「おまえに任せる」

忍が、前をむいたまま言った。私は、若月と並んで店を出た。通りは、まだ人が多く、浴衣がけの男たちも時々見かけた。

「温泉と間違えてやがる」

若月が言う。

「姫島へ、行こうと思うんだがな」

「方法がない」

「マリーナには、乗せてくれそうな船が沢山いたぜ。あんたのとこでも、クルーザーを貸したりしているんじゃないのか」

「姫島は私有地でね。よほどの緊急事態でなければ、あそこの港には入れてくれない」

「緊急事態を作ればいい」

「前に、同じことを言った男がいたよ」

「それで？」

「最後には、姫島で死んだ」

いつの間にか、日向見通りの二の辻のそばまで出てきていた。ここから歩いて五、六分のところに、山崎有子の家がある。

「うちの山崎は、ひとりで苦労して息子二人を育ててきた。なにがあったのかは知らんが、あまりごたごたに巻きこみたくはないんだがな」

「山崎進一がこの街に戻ったことによって、すでに巻きこまれているとしたら？」

「それなんだよな、心配なのは。しかし、戻っているという証拠は？」

「俺の躰が、知ってるよ。いもしない人間の名前を言っただけで、袋叩きにされることはないな」

若月が、信号待ちをするような恰好で、煙草をくわえた。

「なあ、波崎さん。俺もうちの従業員が関《かかわ》っていることだし、あんたがやろうとしてることを一緒にやってみたいんだがな。山崎を見つけるということで、折合いはつくんじゃないのか？」

「急いでるよ、俺は」

「どんなふうに？」

「お足と、どっちが速いかってことさ」

「お足ね。財布の中身ってことだな。金がなくなりゃ、あんた降りろよ」

「ほう」

「そんなもんさ。金もないのに、余計なことをしようとは思わないんだな」

「売るものは、ある。まだ一万キロ走ってないポルシェ。そいつを売っ払えば、しばらく金の心配はしなくても済む。しかしな、山崎のために、それを売らなきゃならないという理由がない」

「わかった。場合によっちゃ、いくらでも延長戦ができるってことだな」

若月が、煙草を捨てて踏み潰《つぶ》した。よくできた街で、信号柱のそばには洒落《しゃれ》た灰皿が備えてある。それを、若月はことさらに無視したようだった。

「武器は？」

「なに？」

「これから、水村とやり合うことになる。室井も、あんたにやられたと吐くだろうしね。素手じゃ、相手をしきれんよ」

「考えてみよう、なにか」

「見くびるな。自分が、度胸があるとも、思うな。水村は、甘い相手じゃない」

「親切だね」

「どこかで、会ったような気がしてね」

「さっき、作家の先生が、俺をやくざだと言ってた。やくざだったことはないが、やくざとやり合ったことは何度もある」

「群先生は、本物のやくざにやくざとは言わんさ。しかしなにか通じるものがある。それを、あんなふうに言う人だ。しかし、水村はやくざより手強いよ」

「覚えておこう」

若月と私は、信号のところで別れた。

5 指さき

早朝、街を走り回った。

海際はホテルばかりで、西の端へ行くと別荘地だ。川のむこうには、広大な公園と梅園と植物園と、それを取り巻くように馬場がある。まったくなんでも揃っている街で、教会から魚市場まであった。

九時を回ったころ、私はマリーナへ行った。

野中という、若月のところの若い社員が、カリーナというクルーザーを洗っていた。私を見て、野中はちょっと肩を竦めた。

「その船、貸して貰えるのか？」

「これは、うちのボスの船でね。蒼竜《そうりゅう》というヨットと、レディ・Xという大型クルーザーは、ホテルの所有で、うちで運航している」

「借りられるかどうか、俺は訊いてるんだ」

「事務所で、話がまとまればな」

「ここじゃ、交渉はできないのか？」

「小型艇だけだね。六人乗りのランナバウトが二隻。それと、水上スキーやパラセイリングのためのボートが三隻。それは、マリーナの事務所で受けつけている」

「じゃ、ランナバウトを」

「どこへ？」

「どこでもいい。海の上から、この街を見てみたくなった」

「すぐに出せるのが、一隻ある。事務所には連絡を入れることになってるんで、そうさせて貰いますよ」

水を止め、野中はマリーナ事務所に歩いていった。

私は、繫留《けいりゅう》された三隻を見ていた。レディ・Xは、相当大きなクルーザーだ。蒼竜の方は、きのうも見ていた。二本マストのヨットで、きれいに整備されている。

「三十分の周遊で、六千円」

戻ってきた野中が言う。

「高いな」

「六人で乗れば、ひとり千円ってわけでね。前金で払っていただきますよ」

「若月には、俺が乗ると言ったのか？」

「いなかったんでね、客がひとりと伝えただけです」

誰に伝えたのか、野中は言わなかった。

「乗せなきゃ、いろいろうるさいだろうし、三十分乗せて早いとこさよならしたいですよ」

「正直なやつだな」

「ほかに、取柄がありませんから」

ランナバウトは、ポンツーンに舫《もや》ってあった。野中が、エンジンをかける。赤いポリエチレンのタンクに、燃料は半分以上入っていた。

「行きますよ。いまから三十分です」

私は、車で言うと助手席に当たるところに乗りこんだ。モーターボートは、何度か操縦したことがある。それと、ほとんど操作は変らないようだった。クラッチとスロットルが、一本のレバーになっている。トリム計なども付いていて、スピードをあげる前に野中はボタンを押して船首を下げた。

「いいな。風がちょっと冷たいが」

「忘れてた。座席の下に救命胴衣があります。付けてくれますか」

「君は？」

「俺は、いいですよ」

「じゃ、俺もいい」

野中が舌打ちをし、赤っぽい色の救命胴衣を座席の下から出した。私も、それを出して着こんだ。

「安全のためもあるけど、防寒にもなるんですよ、こいつは。俺は、充分に着こんでますから、ほんとは必要ない」

「規則で決められてるんじゃないのか？」

「まあ、そうなんですが」

ボートは、かなりスピードをあげた。飛沫《しぶき》が後方へ飛んでいく。街が遠ざかった。

「おい、坊や、スピードを落とせ」

「なぜ？」

「街を、ゆっくりと眺めてみたい」

「スピードを落としても、三十分は三十分ですからね」

「俺が嫌いか、坊や?」

「その坊やというの、やめてくれませんかね」

街の背後が、緑の山だった。高層ビルもある。ほとんどが、コンドミニアムだろう。ホテルの建物は、それほど高くない。こうして見ていると、水に浮いた街という感じもあった。

「潮の匂《にお》いがいいな」

「毎日嗅《か》いでいると、なにも感じませんよ」

「羨《うらや》ましい話さ」

ボートが転舵《てんだ》する。船体が傾き、街が水の中に沈んだ。再び浮かびあがってきた街は、いくらか近くなっていた。

「運転させてくれないか?」

「駄目ですね。たとえ免許を持っていたとしても、駄目です」

「車を運転するよりは、安全だろう。対向車もいないし」

私は煙草に火をつけようとした。ライターにうまく着火しない。野中が、ジッポの火を出してきた。

「山崎さんに、いやがらせはやめてくださいよ」

私は、黙ったまま煙を吐いた。

「いい人ですよ、俺、世話になってるし。女手ひとつで、子供を育ててるし」

「俺は、世話になってない」

「女を、苛《いじ》めるんですか？」

「苛めるってのは、どういうことだ、小僧。俺は山崎有子の亭主に会わなくちゃならん。そうしたら、ボールみたいに蹴られた。苛めるという次元の話じゃないぜ」

「俺には、苛めてるように見えますね」

「俺が殺されてもか？」

「まさか」

「山崎がそばにいたら、俺は女房の方は見もしないよ」

私は、煙草を海に弾き飛ばした。

「汚さないでくださいね、海を」

「じゃ、おまえも船に乗るのはやめろ」

「仕事ですから」

「人が遊ぶ手伝いじゃないか」

野中が、またボートを回した。スピードがあがる。四十ノットぐらいは出るエンジンを付けているようだ。しばらく、高速で走り回った。時々ボートは海面を跳ね、飛ぶような状態になった。

「もうすぐ、三十分ですからね」

声が風に吹き飛ばされるので、野中は怒鳴るように言った。

マリーナの入口が近づいてくる。海に面した中央広場の、人の顔も見分けられる距離だった。私は、野中の腕を摑んだ。

「止めろ」

「もう時間ですよ」

「いいから止めろ。屍体《したい》が浮いていた」

野中が弾かれたように私を見、エンジンを中立にした。

「どこに？」

「通りすぎた。これじゃ低くて見えん。どうしようか？」

「捜しましょう、まず」

野中が立ちあがる。船尾の端に立ちあがり、沖を見ようとしている。私は、レバーを思い切り前へ倒した。野中は、見事に海に転がり落ちた。レバーを中立にする。野中は、浮いていた。しばらくボートの方を睨んでいたが、岸にむかって泳ぎはじめた。

私は運転席に腰を降ろし、ボートを前進させながら、舳先《へさき》を沖の島にむけた。スピードをあげる。船底が海面を打つ。沖に出るにしたがって、細かい波ではなく、大きなうねりになってきた。うねりの方が、運転しやすい感じはする。

街は遠ざかったが、島が近づいているようには思えなかった。

二十分ほど突っ走ったところで、いきなり海が荒れはじめた。天候が変ったわけではない。潮の流れのようだ。

スロットルを戻し、スピードを落とした。ボートは、持ちあげられては落ちることをくり返したが、時々宙に浮いて、ひどいショックで海面に落ちた。頭から飛沫が降ってくる。あっという間に、下着まで濡《ぬ》れはじめた。

横波を食らわないようにするのが、精一杯だった。スロットルはまだ前進の位置にあるが、ボートが進んでいるかどうかはわからなかった。

横に流されはじめた。私は、思い切ってスロットルを少しずつ前へ倒した。スピードがあがる。それでも、前進しているのがようやくわかるぐらいだ。水の塊が顔にぶつかってきた。シートは水びたしで、底には水が溜りはじめている。

三十分ほどで、ようやくそこを抜けた。

気づくと、島はすぐ眼の前にあった。スピードをあげる。舳先が持ちあがり、底に溜った水は後部から排出されているようだ。

防潮堤があった。

漁船が数隻と、ばかでかいクルーザーが一隻いた。岸壁に近づこうとしたが、車と違ってブレーキがないので、思うようにならなかった。前進と後進をくり返す。ようやく、岸壁に近づいた。ひとり立っている。私は船尾にあったロープを投げた。

「なにをしに来た？」

繋船柱《ビット》にロープを舫ってから、男が言った。男のそばには、ドーベルマンが二頭いる。この男が水村なのかもしれない。私よりいくらか歳上で、三十七、八というところだろうか。贅肉《ぜいにく》のない、引きしまった躰をしているのが、服の上からもわかった。

「緊急避難ってやつでね。ひどい潮流に巻きこまれた」

「これは、若月のとこのボートじゃないか。あそこは、ボートだけ貸したりはしないぞ」

「無断借用だと思ってくれ」

岸壁にあがろうとすると、ドーベルマンが身構えた。私は、クルーザーの方を見た。後部甲板で、若い男が二人立って見ている。

「水村さんかい？」

「そうだ。おまえは？」

「波崎って者だよ。名前ぐらいは、聞いてるんじゃないのか？」

「そうか」

水村の表情は動かなかった。酷薄さを感じさせる眼が、じっと私を見つめている。やくざ者にいるタイプではなかった。武闘家かなにかのタイプに近い。躰も、やわらかそうだ。

「室井を、かわいがってくれたみたいだな」

「仕返しをしてやっただけさ。仕返しの仕返しでもするかね？」

「ここは、姫島だ。浮世のごたごたは持ちこまないことになってる」

「浮世とは、古い言い回しだ。爺さんの方針がそうなのかね？」

「とにかく、帰れよ」

「そちらへ移る」

「犬の餌《えさ》だぜ」

「勝手に、餌にでもなんでもしてくれ」

私は、岸壁に足をかけた。ドーベルマンが、身構える。岸壁に移った。飛びかかってくる。黒い塊に見えた。水村がなにか言う。私は、岸壁に尻餅《しりもち》をついていた。立ちあがった。

「服が濡れている。乾かしたいんだ」

「懲りねえ野郎だ。ほんとに、餌になるぜ」

「好きにしろ、と言ったろう」

私は、一歩踏み出した。ドーベルマンが身構える。それを制止し、水村が出てきた。突破できそうな隙《すき》は、どこにもなかった。かなりできるだろう。黙って殴られていた方がよさそうだ。殺気が、私の全身を打った。

「どういうつもりだ。死にてえのか？」

「殺したきゃ、殺すさ。海に屍体を放《ほう》りこんでおけば、誰もが遭難したとしか思わん。ただ、寝醒《ねざ》めは悪いだろうな」

「本気だな、おまえ」

「冗談で、死ぬ覚悟をするやつがいるか」

一歩、私は踏み出した。

なにかが、顎のさきを掠《かす》めた。私は、自分が仰《あお》むけに倒れていることに、しばらくして気づいた。武器を用意しろ、と若月が言っていたが、それは水村が使っている連中に対してではなく、水村自身に対してだったのかもしれない。

武器がなければ勝てない。そういう相手に、二度会ったことがある。一度は木刀で、もう一度は日本刀の峰で打ちのめした。そうせざるを得なかったとしても、気持のいいものではなかった。

私は、ゆっくりと上体を起こし、立ちあがった。歩く。雲の上を歩いているようだった。腹に、拳《こぶし》が食いこんできた。私は躰を二つに折り、しばらくうずくまっていた。それから、立ちあがる。顔、腹、首筋と、続けて三発食らった。

しばらく、失神していたようだった。眼を開け、立とうとして失敗し、三度目にようやく立った。足は踏み出せず、揺れている躰を感じるだけだった。

「よしな、もう。これ以上やると、無事じゃ済まねえぞ」

覚悟したと言ったろう。言葉にはならなかった。なんとか一歩、踏み出しただけだ。腹に食らった。すっぱい液体が口から飛び出していくのを感じた。這いつくばっている。立った。私は、山崎に会うために、ここへ来た。ここを突破しなければならないなら、突破する。生きているかぎり、そうする。

倒された。パンチを食らったのかどうかはわからず、ただ倒されたことだけがわかった。手をのばした。岸壁のコンクリートを摑むようにして、躰を支えた。立ちあがる。

「いい加減にしなよ」

水村がどこにいるのか、見えはしなかった。声は、ずっと遠くだったような気もした。気づくと、歩いていた。倒れていることも、すぐにはわからなかった。立った。失っていない。立とうという意志。それがあるかぎり、何度でも立てる。

倒れていた。どれぐらい失神していたかも、わからなかった。立った。どうやって立ったのか。人形が立っている、と思った。

後ろから、なにかに包まれた。人の腕のようだ。宙を舞っていた。ここはどこなのか、とふと考えた。島へ来た。そこまでは思い出せる。

立とうとしていたのだ。命があるなら、その間は立とうとしていた。私は、触れることができるものを捜した。手の指は、どんなものにも触れない。それとも、感じないのか。首をあげ、指が動いているかどうか見たかった。

6 血

水村の姿が見えた。

私は、立とうとした。両側から、押さえこまれた。

「一対一で、俺を殺してみろ、水村」

水村は、なにも言わない。私は、両側から私を押さえつけている力を、ふり払おうとした。重い。石でも載せられているようだった。

「もういい」

水村ではなかった。錆《さ》びついたような声だ。皺《しわ》の多い顔が、じっと私を見つめていることに気づいた。眼《め》は澄んでいて、どこか淋《さび》しそうだった。不思議に、私は両脇《りょうわき》からの力を払いのけようという気持をなくしていた。

「命の無駄遣いはするな、波崎」

老人が、ちょっと片手を動かすと、両側から私を押さえていた力が消えた。

「おまえは、山崎に会いたいんだな？」

姫島の爺《じい》さんというのが、この老人だろうと私はぼんやり考えた。躰《からだ》が揺れている。すべてが揺れている。船。

私は、キャビンにいるようだった。大きなクルーザーの中なのだろう。まるで応接間だ。そして船は、動いている。

「それが、できない。山崎から事情は聞いている。これを、渡しておこう」

テーブルの上の封筒。手。動いた。私は封筒をとり、中身も見た。札束が三つ。

「気が済んだろう。街を出ろ。いても、面白いことなどあるはずもない街だ」

「あんた」

声がちゃんと出ている。それがわかった。

「俺を、買うのかね？」

「冗談はよせ。男に値段がつけられないことぐらい、この歳《とし》になればわかる。山崎がかけた損失の分だ」

私はちょっと肩を竦《すく》めた。

「どこへ？」

「おまえを、街へ送り届けよう。乗ってきたボートは、後ろに積んである。わしはあんな街へは行きたくもないから、途中からそのボートで水村が送る」

自分で行ける、と言おうとして私は口を噤《つぐ》んだ。手や足の動きが、ひどく遅くなっているような気がする。動かそうと思って、しばらくしないと動かないのだ。

「一日寝ていれば、おまえは回復する」

「どうだかな。まるで医者みたいな口ぶりですよ」

「医者が診《み》た。この船には、医者がひとり乗っておる」

私は、煙草《たばこ》を喫《す》おうとした。ポケットに手をやるのに、ずいぶんと時間がかかった。出てきた煙草は、濡《ぬ》れていた。爺さんがなにか言い、水村が箱を差し出してきた。葉巻だった。一本取った。水村が、鋏《はさみ》のような道具で、吸口を切った。

「しばらく、話をしたいんですがね」

「もう、時間がないな。街の近くまで来ている」

いつの間にか、揺れはほとんどなくなっていた。速い船だ。

「どこへ、行くんです？」

「四十海里ばかり西の、漁師のところへな。毎月一回会って、葉巻と干物を交換することになってる。絶品の干物だが、決して売ろうとはせん」

船が、速度を落としていた。七、八十フィートはある船だろう。もしかすると、百フィートを超えている。太平洋を渡るのも、難しくないかもしれない。

船が停止した。船尾でクルーが三人作業をしている。

「できることなら、おまえとはもう会いたくない。もともと、わしは人間というのを好きになれなくてな」

錆びついたような声が、心にしみつくようだった。私は二度、続けて葉巻の煙を吐いた。

爺さんはもう、私の方を見ていない。

「行くぞ。自分で歩けよ」

水村が言った。

私はアフトデッキに出て、ステンレスの梯子《はしご》からランナバウトに乗り移った。エンジンは、もうかかっている。

水村は、あまりスピードをあげず、クルーザーから遠ざかった。

「なんてやつだ」

「なにが？」

私は、まだ葉巻の煙を吐き続けていた。躰はなんとなく元通りになった感じだが、歩いたりするとよろける。

「死ぬまで、俺に殴られてるつもりだったのか。会長が止めなきゃ、俺はおまえを殺していた」

「だろうな」

「怕《こわ》くはねえのか？」

「相手が、俺を殺すほど肚《はら》が据ってるかどうか。それは、その場にならなきゃわからんしな。殴られながら、俺は後悔していたような気もする」

「俺もだ」

水村が笑ったようだった。

「てめえで殴られねえで、犬をけしかけときゃよかった、と途中から思った」

「殴られはじめた時から、俺の勝ちだ」

「認めるしかねえな。気持で、俺は負けてたと思う」

「空手かね、あれは？」

「古くから伝わってる、拳法《けんぽう》だ。会長から仕込まれた」

「ほう。あの爺さんが」

「しかしなんで、あんな真似《まね》ができる。たった二、三百万のために？」

「金のためじゃない。俺は、俺でいたかっただけさ。二万であろうと三万であろうと、同じだね。いままで、こうしてやってきたんだから」

「室井の締めあげ方が、尋常じゃなかった。それを、はじめから考えるべきだった」

ボートは、ゆるやかに波を搔《か》き分けながら進んでいた。マリーナの入口が近づいてくる。

小型のフィッシングボートが、追い越していく。

「またやり合いたくはないな。今度こそ、殺しちまいそうな気がする」

「俺を甘く見るな、水村」

「逆さ。おまえと次に会うのが、ちょっと怕い。こんな気分は、久しぶりだ」

「山崎は、姫島にいるのか？」

「一度は、来た。会長は人嫌いでね」

「らしいな」

街のどこかにいる、ということだろうか。そうでなければ、有子もあんな動きはしなかったのではないのか。

「街を、出ろよ。その方がいい」

「自分が、自分でなくなる」

「そんな時もある、とは思えねえってわけか。面倒な生き方をしてやがるよ」

「おまえもな、水村」

葉巻は、いくら喫っても短くならなかった。

「爺さんがすべて、と思ってるわけじゃないだろう。そのくせ、すべてにしちまってる。どこかで、のたうち回ることはないのか?」

「あるよ」

低い声で言い、水村が笑った。

「どこにいたって、人間はのたうち回る」

マリーナに入っていた。事務所の方から、野中が血相を変えて飛び出してくるのが見えた。水村の姿を認めたのか、途中で足を止める。

水村は、フェンダーを二つ出し、鮮やかにポンツーンに着けた。舫《もや》いのとり方も、堂に入ったものだ。私は、ゆっくりとボートを降りた。躰が揺れているのか、ポンツーンが揺れているのか、よくわからなかった。

「船底の掃除をよくしとけ、野中」

言って、水村は野中にキーを放《ほう》った。

野中が、私に近づいてこようとする。水村が、手でそれを制した。

「今日一日は、そっとしておいてやれ。俺の拳《こぶし》を、二十発は食らったんだ。おまえ、一発でのびたよな」

「俺は」

「こいつは、小僧じゃない。俺がこうして送ってきてるんだ」

「姫島まで、行ったのか」

「どきな」

水村が言うと、野中は弾《はじ》かれたように横に跳んだ。私は歩きはじめた。ホテルは、マリーナからはそれほど遠くない。

躰が、揺れていた。

ホテルの玄関を入る時、ちょっと階段に躓《つまず》いたが、フロントでキーを受け取った時はしゃんとしていた。

部屋に入る。

私は裸になり、バスルームの鏡に全身を映した。痣《あざ》など、おととい蹴《け》られたものだけだった。水村の拳は、すべて筋肉の内側に響いてきたのだ。

「プロだな」

私は呟《つぶや》き、睾丸《こうがん》を握りしめた。

「いそうもないやつが、いるもんだ」

私は、バスタブの中に立ち、湯を熱くして全身に浴びた。耐えられないほどになると、今度は冷水にした。それを、四度ばかりくり返した。

バスタオルを、腹に巻く。疲れきっていた。

ビールを一本、胃に流しこむので精一杯だった。濡れた躰のまま、ベッドにもぐりこんだ。

いつまでも躰が乾かない。そう思った。外は、もう暗かった。六時間ほど、私は眠っていたようだ。躰を濡らしていたのは、汗だった。

私は、冷蔵庫のビールを六本テーブルに並べ、端から飲みはじめた。途中でトイレに行く。しぼり出した尿は、血が混じって赤黒かった。

三本目を飲み終えたところで、もう一度トイレへ行った。赤黒い色が、いくらか薄くなっていた。五本目を飲み終えた時の尿はピンクで、六本目の時はさらに薄くなっていた。

全部飲み終えてからも二度、トイレへ行った。血が混じっているのかどうか、ほとんどわからなかった。

はじめてこういう目に遭った時、放尿しながら叫び声をあげたものだった。自分が死ぬに違いない、と思った。十九歳の時だ。

あのころは、死ぬことを怕がっていた。

十時を回ったところだ。

私は、スーツに着替えて、ホテルを出た。

7　ムニエル

若月と野中が、カウンターで並んでいた。

カンツォーネの日らしい。唄《うた》の入った音楽が流れていた。

私を見た野中が、スツールから腰をあげようとする。それを、若月が止めた。

私は、野中の隣に腰を降ろした。

「海水浴には、涼しすぎたろう」

「あんたね」

言いかけた野中を、また若月が止めた。

「ウイスキーで、よろしいんでしょうか？」

バーテンが言った。私は、黙って頷《うなず》いた。

「やめとけ」

若月が不意に言う。私の顔を、じっと見つめていた。

「水村から、二十発食らったんだってな。はったりをかますようなやつじゃない。あいつが二十発と言えば、二十発さ。生きてるのが、不思議だね。実際、おまえは死人みたいな顔色をしてるぜ、波崎」

「血の小便を、搾り出した。ビールを六本飲み続けて、何度も搾り出した。もう、血は混じらなくなったよ」

「いくらなんでも、無茶だ、それは」

「俺のやり方さ。医者がどうするか知ってるか。入院させて、点滴だ」

「しかしなあ」

「俺のやり方だ、と言ってるだろう、若月。それより、やっぱり山崎有子に関《かかわ》らなきゃならなくなった。それを、言いに来た」

「どういうことだ？」

「姫島には、いないそうだ。一度は来たらしいが。爺さんは、はったりをかますかね」

「いや」

「じゃ、この街にいる」

若月は、まだ私を見つめていた。私は煙草を出し、封を切った。葉巻のあと、煙草は一本も喫《す》っていなかった。

「おまえと山崎進一は、どういう関係なんだ？」

「捜すのを、手伝うか？」

「いや」

「じゃ、言う必要もない。この街じゃ、俺はよそ者だ。よそ者には、やれる方法はかぎられる。いくらか、山崎有子には不愉快な思いをさせると思う」

「よそ者だと」

奥のブースから、声が聞えた。群秋生だった。

「俺も、よそ者だ。よそ者同士、飲もうじゃないか。こっちへ来いよ」

群秋生は、両脇に女の子を座らせていた。酔っている声だが、ほんとうは酔っていない。なんとなく、それがわかった。

「なんだ、きのうのやくざか。幽霊みたいに入ってきたんで、わからなかったぞ」

笑って、私は腰をあげた。

「先生、飲ましちゃいけませんよ。こいつ、血の小便を出したばかりでしてね。飲ませるなら、ジンジャエール」

「俺が、血の小便を出したことがないと思ってるのか、ソルティ。誰に殴られたわけでもないのに、血の小便が止まらなかったことがある。三日、止まらなかったね」

「俺は、もう止まってます」

私は、女の子のそばに腰を降ろした。

気分はひどく悪かったが、気持は落ちこんでいなかった。女の子が立って、私のグラスを持ってきた。群秋生が、ロックグラスになみなみと注《つ》いだウイスキーを、ひと息で呷《あお》った。女の子が、私に薄いバーボンソーダを作る。四十を過ぎた男の飲み方ではない、と私は群秋生を見て思った。

「生まれは？」

「東京ですよ」

「一番得体の知れないよそ者だな」

「ほかで生まれてりゃ、いくらか得体が知れるんですか？」

「東京というところが、掴《つか》みどころがないのさ。この街と対極だね。この街は、掴みどころが多すぎる。そして両方とも得体が知れない」

酔っているような言い方だが、やはりほんとうは酔っていない。私は、水割りをちょっと口に入れた。飲みたいという気分が、あるわけではなかった。

「どっちを抱きたい？」

私が見返すと、群秋生はにやりと笑って、二人の女の子の下腹に手を置いた。

「どっちの子宮の方が、上等だと思う？」

「上等な子宮なんて、ありませんよ」

私は、また少し水割りを口に入れた。水村の拳は、口の中さえ切っていなかった。

若月と野中が腰をあげた。

「ソルティ、俺を置いて帰るのか？」

「今夜は、波崎が送ってくれますよ。先生のとこで一杯やりながら、この街の話でもしてやってください」

「おまえに話があってここへ来て、俺につかまっていやいや付き合ってるって感じだぜ、こいつは」

「そんなことありませんよ。ここがどんな街か、俺たちより先生が話してやる方がいいような気がします」

若月に話すことがなければ、私はそれでもよかった。言うべきことは、言ったのだ。

「ソルティ、俺はほんとに酔ってるぞ」

「タクシーを呼んでおきますよ。波崎、いいな、先生を送ってくれ。先生のお宅にゃ、酒はいくらでもある。ダーツもあるしビリヤード台もある」

「これから、彼女と飲むのか、ソルティ。あれはいい娘だ。おまえに関ると、不幸にしかならんような気がするな」

若月が、ちょっと肩を竦めた。それから、私を覗《のぞ》きこむ。

「話は、わかった。俺も一度、山崎有子と話をしてみることにする」

耳もとで言って、若月は出ていった。

「なんで、ソルティなんですか？」

「人生の、塩辛いところばかりを選んで舐《な》めちまうからだ」

群秋生が、またロックグラスを呷った。

「甘いところ、いや青いところがまだあるな、あいつには。上等な子宮があると、信じているんだ」

「先生、それ酒じゃありませんね」

「紅茶さ。さっきまでは飲んでたが、もう酔いを醒《さ》ます段階に入ってる。俺はこれからダーツかビリヤードをしばらくやって、そして仕事をはじめるんだ」

「小説家の仕事は、やっぱり夜ですか？」

「生きてることが、仕事さ。おまえはダーツとビリヤードと、どっちがいい？」

「どちらでも」

「俺に勝ったら、この街の秘密を教えてやってもいい」

「秘密ね」

「大した秘密さ。行こうぜ。俺は矢を投げたくてうずうずしてきた」

勘定は、群秋生のつけらしい。

店の外に出ると、ちょうどタクシーがやってくるところだった。

群秋生の家まで、大した距離ではなかった。

タクシーを降りた時、門が開いた。オートマチックになっているのかと思ったが、老婦人が内側から開けたのだった。柴犬《しばいぬ》が、群秋生の横にぴたりとついた。

「氷を頼む。それから軽い食い物を」

言って、群秋生は歩きはじめた。門のそばに小さな平屋があるが、そこは使用人が住んでいるらしい。小砂利を敷いたアプローチを歩いていくと、玄関の明りが見えた。

私が通されたのは、小さなバーだった。その手前がビリヤード室で、呆《あき》れたことにポケットとスリークッションの二台が置いてあった。

老婦人が、氷とサンドイッチを持ってきた。

窓のところに、さっきの柴犬が座って、部屋の中を見ていた。私が近づくと、立ちあがり、二、三歩退《さ》がった。

「黄金丸《こがねまる》という。怪しいやつには、決して尻尾《しっぽ》を振らん」

言いながら、群秋生はバーカウンターで私にサンドイッチを勧めた。きのうの夜から、私はなにも口にしていないことを思い出した。

「ジンジャエールはどうだ。ウィルキンソンの、とびきり辛いやつがある」

酒を勧める気はないようだった。酒の棚には、高級なコニャックが並んでいる。勧められるまま、私はジンジャエールを飲み、サンドイッチをつまんだ。チーズと野菜が挟まれていて、夜でも腹にはもたれないだろう。こんなものを食いながら小説を書いているのか、と私は思った。

ダーツ板は壁にかけてあり、床には線があった。ゲームをはじめてすぐに、私は勝負にもなにもならないことに気づいた。群秋生はうますぎるのだ。

「賭《か》けてるんだぞ」

「それはひどい。ビリヤードにすべきだったな」

「そっちはいけるのか。次には、エイトボールで勝負しよう。今夜はもういい」

まったく気紛《きまぐ》れな男だった。私は、賭けていたと言われた千円を払い、バーの隣の居間に入った。

暖炉で、薪《まき》が燃やされている。まったく贅沢《ぜいたく》を絵に描《か》いたような家だ。調度も凝っていた。

「この街には、久納《くの》一族というのがいてな。街はほとんど、彼らのものさ」

いきなり、群秋生が話しはじめた。

「ホテル・カルタヘーナのオーナーも、総支配人の忍も、神前亭の社長も、植物園や馬場の経営者も、みんな兄弟とか従兄弟《いとこ》とか、そんな関係らしいんだ。彼らはことさらそれを言ったりしないし、あまり付き合いもないようだから、具体的に誰と誰が兄弟なんてことはわからん」

「そうなんですか」

バーに置いてあったジンジャエールを、老婦人が運んできた。私は、躰が埋《うず》まりそうなソファで、煙草を喫っていた。

「この街だけでなく、S市の大きな企業のオーナーも、久納一族だね」

「ここは、昔は小さな村だったんじゃないんですか？」

「まさしくそうさ。神前亭という旅館だけがあった。そこに、ホテル・カルタヘーナだ。どうも、神前亭の社長とホテル・カルタヘーナのオーナーが、仲がよくないらしい。なんでもないように見えるこの街に、一族同士の対立が存在しているわけさ。もっとも、表面に出てくるようなことなどないが」

私は、トイレに立った。

黒御影石《くろみかげいし》に囲まれた、三畳ほどのトイレだった。尿には、かすかに色がついているような気がした。ひどくなってはいない。

洗面所の鏡に顔を映した。ひどい顔だ。おととい蹴られた痣が、いまごろになって濃くなっている。それだけではなく、表情に精彩がなかった。眼が死にかけている、と思った。

実際、ひどく眠くなってきている。

「この街のトラブルは、大抵久納一族の中で解決されてしまう。よそ者がやる、殺人とか泥棒とかは別としてな」

「わかりましたが、俺がやろうとしていることとは、あまり関係はありませんね」

私は煙草に火をつけた。煙でも吐いていないと、眠ってしまいそうだ。

「姫島の爺さんは、久納一族の長老のひとりだよ」

「ほう」

煙草を落としそうになった。

「まあ、誰がなんであろうと、俺にはどうでもいいことですよ」

「久納一族は、何百年も前から、この一帯を支配してるんだぜ」

「いまは、金持ちというだけでしょう」

「表面上はな。しかし、山崎という男は、この街の出身なんだろう。だから、この街へ帰ってきている」

「まさか、山崎が久納一族の一員なんて言い出すんじゃないでしょうね」

「一族じゃない。いわば従者のようなものかな」

「いま時そんなことが」

「勿論《もちろん》、いま主従の関係というわけではないが、それでも街の根底はそういう人間関係で構成されていることに、俺もようやく気づきはじめた。『てまり』の須田だってそうだ。

花屋とバーをやっているが、もともと久納一族に仕えてきた家系だ。いざという時は、久納一族に逆らわないだろう。ソルティもさ」

「若月も、ですか?」

「好きなことを、あいつはやってる。だからって、久納一族に逆らおうとはしないだろうな。せいぜい、一族の内輪もめのどっちかに付くっていう程度だ」

「山崎も、そうだと言ってるんですね」

「多分な」

「なるほど。それで姫島へ行けたり、爺さんが山崎の肩代りをしたりするわけか」

「もし匿《かくま》われているなら、内輪もめのどっち側かってことが、まず問題になる。姫島の爺さんは、超然としているが、ほかはそうじゃない、と俺は見ている」

眠い。耐え難いほど、眠くなってきた。私の指さきから、灰がポトリと落ちた。

「この街の秘密ってのは、つまりこれだ。何年も住んでいて、やっとわかってきた。なぜもめ事が起きるのか。あるいは、起きてしまったもめ事が、なぜ解決してしまうのか。考えて、やっとそこに辿《たど》り着いた」

「つまり、推測ですね」

「どう思おうと、それはおまえの勝手だ。俺は、教えただけでね」

目蓋《まぶた》が垂れ下がってきた。

このまま眠ってしまいそうな気がする。立とう、と私は思った。その思いが、遠くなった。

外が明るかった。

躰を動かすと、節々が音をたてた。頭はまだぼんやりしている。

私はソファで、毛布をかけて寝ていた。群秋生の家だということに、ようやく気づいた。暖炉では、薪が燃えている。

上体を起こした。

群秋生の顔を思い出したが、どこからかは夢に違いないという気がした。その境界が、まったくわからなかった。

なにかを裂くような音がして、私は全身で身構えた。ただ裂いただけでなく、殺気のようなものを感じたからだ。

立ちあがり、窓際へ行った。

剣道の稽古着《けいこぎ》を着た群秋生が、日本刀を構えていた。ちょっとたじろぐような光景だった。剣を立てて頭の脇に構えたまま、群秋生は微動だにしない。私も、立ち尽していた。剣が振られる。空気を裂く音だったことに、私は気づいた。群秋生は庭の真中でそれをやっていて、窓まではかなりの距離がある。それでも、空気を裂く音は肌を打ってくるのだった。

ノックの音がし、ドアが開いた。

ふりむくと、若い女が立っていた。胸と腰の張った、とびきりのいい女だった。私は、何度か首を振った。入ってきた女は、普通の女に変った。それでも結構な美人で、私にむかって笑いかけてくる。

「もう、先生のお稽古は終りですわ。シャワーを使って、すぐに昼食になりますから」

「昼食？」

時計を見ると、十一時を回ろうとしていた。

私は、十一時間以上、眠り続けたようだ。

「歯ブラシとタオルを洗面所に用意してあります。それから、山瀬《やませ》さんがコーヒーを持ってきてくれますから」

「山瀬さん？」

「あら、昨夜お会いになったんじゃありませんの」

あの老婦人だろう、と私は思った。

「あたし、先生のお仕事のお手伝いをしている、小野玲子《おのれいこ》です。波崎さんでよろしいんですよね」

言って、小野玲子はおかしそうに笑った。

「ずいぶんと、印象が違うなと思って。きのう、あたし『スコーピオン』に遅くまでいたんです。若月さんと野中君が来て、いろいろと喋《しゃべ》ってました。どんな方か、愉《たの》しみにして今朝来たんです」

「俺が泊ることを、知っていた?」

「そう言ってましたもの、二人が。先生が一服盛るって」

「なにかを飲まされた、ということかい?」

「あら、これ言っちゃいけなかったのかしら」

「盛られたような感じはあるな」

「怒らないんですね。海に放りこまれたって、野中君ぼやいてたけど」

「俺は、止めた。あいつが勝手に飛びこんだのさ。屍体《したい》が浮いていると、冗談を言ったら。気の早い男だ」

「そう言ってました、野中君も。屍体を捜そうと立ったところを、落とされたって」

昨夜の老婦人が、コーヒーを運んできた。

私はトイレへ行き、濃い尿をした。血が混じっているのかどうか、色が濃すぎてよくわからなかった。それでも、躰は調子がよくなっているような感じだ。

歯を磨き、顔を洗って居間へ戻った。小野玲子も、老婦人もいなかった。コーヒーが湯気を立てているだけだ。

煙草に火をつけた。庭からは、もう空気を裂く音は聞えなかった。

老婦人が私を呼びに来たのは十二時少し前で、私はプールサイドのテーブルのところへ連れていかれた。プールにはまだ水があり、浄水機も動かしてあるようだった。気がむくと、この季節でも群秋生は泳ぎそうだ。

テーブルには、白いクロスがかけてあった。

バスローブ姿の群秋生が現われると、老婦人がワゴンを押して料理を運んできた。昨夜のサンドイッチと違い、凝ったものだった。

「俺に、一服盛ったんですか、先生?」

「かなり強い睡眠薬をな。そうした方がいいだろう、とソルティが言った」

「若月と、そんな話をしていたという記憶はありませんがね」

「眼や仕草で、お互いにわかる。ちょっとホモっぽくて、俺はいやなんだが」

「俺に一服盛った間に、若月は山崎進一を捜したんですか?」

「それは誤解だ。君には、睡眠が必要だった。今朝、ソルティは電話してきたよ。なにしろ、水村の拳は、躰の芯《しん》にこたえる。全身の沈澱物《ちんでんぶつ》を全部まぜ返して、興奮状態にしてしまうんだそうだ。ソルティも、あいつとやり合ったことがあってね。俺が一服盛らなかったら、君はひと晩じゅう起きていて、今朝あたりはひどい状態になっていたはずだ」

ビールで、躰の中の傷を洗った。そういうつもりで、冷蔵庫の中のビールを全部飲んだ。そのあと、眠るつもりだったのも確かだ。しかし、躰が動いていた。

「先生が、なぜ俺を?」

「気紛れなんだ、俺は」

群秋生が、かすかに笑顔を見せた。

「それに、心のどこかに破滅願望を抱いているやつは、すぐわかる。おまえとか、ソルティとか」

群秋生が、ヒラメのムニエルにフォークをつけた。

8　ポルシェ

ホテルへ戻ると、私はチェックアウトした。

土曜日の午後で、中央広場の隣の駐車場には、観光バスがずらりと並んでいる。

私は、リスボン通りで紳士服の店を捜し、スーツを二着と、セーターやジーンズを買いこんだ。姫島の爺さんが三百万肩代りしてくれたので、懐は暖かくなっている。

なぜ肩代りしてくれたのか、とは考えなかった。額が少なすぎるということではない。私は、山崎進一に会うためにここへ来たのだ。三百万が、街を出ろというための金なら、無視すればよかった。

私はしばらく街を走り回り、神前亭という旅館に車を入れた。門から玄関まで、とんでもない距離だった。

ようやく辿り着いた玄関は、古い造りで、旅館らしくもなかった。スーツを着た男が、私のポルシェのドアを開けた。

「しばらく、泊りたい」

「御予約は、なされていますでしょうか？」

「いや。ただ、紹介者がいる。ホテル・カルタヘーナの忍総支配人」

「中で、お待ちいただけますか。荷物は運ばせますし、車も駐車場に回します」

木造だが、靴のまま入ることができた。厚い絨毯《じゅうたん》がロビーの床を覆っている。

「どういうお部屋が、お好みでございましょうか？」

「山のそばなら、海は見えるかな？」

「どの部屋からも、海は御覧になれます。街全体が、ゆるやかな斜面になっておりますので、ここはかなり高《たこ》うございます」

「なら、できるかぎり山のそばの部屋」

「かしこまりました。神前川のそばの部屋でございますので、一応お伺いすることになっております」

帳場から、若い男がなにか合図した。

「御案内いたします」

男が頭を下げる。ホテル・カルタヘーナへ問い合わせたのだろう。そして忍は、知らないとは言わなかった。

カートで、移動した。すべての部屋が、離れ形式らしい。大きな森の中に、点々と家があるという感じだった。

俺のような人間が泊るところではない、と私は思った。いやでもそう思わせてしまう造りだ。

山際の家だった。玄関を入ると、三畳間があり、応接間になり、居間になり、寝室になっていた。別に小さな部屋がひとつ付いていて、そこには中年のメイドがひとりいた。

私は宿泊カードに名前を書きこみ、百万円を一緒に出した。

「前金として払っておく。これで、何日泊れるのかな?」

「そういう類《たぐ》いのものは、頂戴《ちょうだい》しておりません。お発《た》ちの時に、御精算いただければ。ひと晩、十二万の部屋でございます」

呆れた値段だった。どうせ姫島の爺さんが出した金だ、と私は思い直した。電動カートは、一台部屋についている。用はすべて、メイドがやるが、一切のチップは必要ない。そういうことを説明して、スーツの男は出ていった。

部屋の周囲には広い板敷きがあり、そこの椅子《いす》からは海がよく見えた。敷地の中に、ほかの建物は見えない。うまく樹木を配置してあるのだろう。

試みに、私はテーブルの鈴を鳴らした。メイドが、すぐに顔を見せた。

「コーヒーを飲みたい」

キリマンジャロとかモカとかブルーマウンテンとか、メイドはいくつか豆の種類を言った。モカだな、と私は言ったが、味の違いがわかるわけではなかった。コーヒーは、いつだってコーヒーだったのだ。

メニューがあり、食事はそこから選んで頼めるようになっていた。すべて一品料理で、コースなどはない。

「王侯だな、まるで」

呟いた。居心地がいいわけではなかった。こんなところが居心地がいいと感じる人間も、少なくはないのだろう。

買ったばかりのスーツをどこにかければいいかわからなくて、私はまたメイドを呼んだ。全部、メイドがかけてくれた。

外出してくると私は言い、ジーンズでカートに乗った。私が本館の玄関に到着した時、すでに私のポルシェは回されてきていた。

山崎有子の家は、神前亭からそれほど遠くない。旧市街に入ると、神前亭の庭が嘘《うそ》のように、家が建てこんでいる。

チャイムを鳴らしても、有子の家からは誰も出てこなかった。

この街には、小学校が二つ、公立の中学がひとつと、私立の中学高校がある。

私はまず、公立の中学の方へ車をむけた。

グラウンドで、野球部が練習をしている。軟式のようだ。

「サッカー部は、どこで練習している？」

球拾いの少年をひとりつかまえて、私は訊《き》いた。

「H学園です」

「それは、どこにある？」

「この街の、山の方です。グラウンドや公園があるところの、むこう側です。今日は土曜で、対抗試合の日ですから」

礼を言って、私は車に乗りこんだ。二つの中学が対抗試合をやっているということは、ひとつの場所で両方捜せるということだった。

須佐街道の方から回った。この街の地図は、ほぼ頭に入っている。

すぐに見つかった。

観客は、ほとんどいない。H学園の高校生が、グラウンドを睨《にら》みつけているぐらいのものだ。

足首に繃帯《ほうたい》を巻いてベンチに腰を降ろしている少年の姿は、泥だらけのユニホームの中で、ひとつだけ異質だった。

試合はH学園が押され気味らしく、高校の部員が盛んに罵声《ばせい》を飛ばしている。

私は、少年のそばに腰を降ろした。少年が私を見て、ちょっと戸惑ったように頭を下げた。私のことは、憶《おぼ》えていたらしい。

「勝ってるのか？」

「はい。兄貴がゴールを決めましたし」

「君は、何年生かな？」

「一年です。兄貴は、三年にいます」

山崎進一には、こんなに大きくなった息子が二人いる。それは、東京では考えてもみなかったことだった。

私は煙草に火をつけ、試合の方へ眼をやった。いいところまで押しこんだが、ヘディングが失敗した。前のめりでやりすぎる。

「惜しいな。ヘディングは、もっと後ろに反ってやるもんだ。それが基本さ。お辞儀をするようなヘディングじゃ、威力もない」

「サッカー、やってたんですか？」

「いろいろと、やってた。中学生のころは、いろいろとやったよ。野球が、一番うまかったな」

「ぼくは、サッカーはほんとは好きじゃないんです。部員が足りないから入れって兄貴に言われて、仕方なく入ってるんです」

「そんなんじゃ、怪我《けが》をして当たり前だな」

おじさんも、怪我してますよ。眼のところに、痣がある」

おじさんと呼ばれて、私はちょっと複雑な気分に襲われた。この少年から見れば、もうおじさんなのだとは思いたくなかった。

「いきなり、ボールをぶっつけてきたやつがいてな」

「ひどいな、そいつ。でも、避《よ》けられなかったんですか？」

「暗闇《くらやみ》さ。ぶつかるまで、わかりはしなかった」

少年は、ちょっと考える表情をしていた。

私は、煙草を捨てた。少年が吸殻を拾い、ポケットに入れた。私の方を見ようとはしない。

「悪かった。捨ててくるよ」

「灰皿、ないんです。職員室に行けばあると思うけど」

ここは、学校なのだった。

「あと、どれぐらいで終るのかな？」

「夕方、暗くなるまでです。練習試合といっても、練習みたいなもんだし、こっちには高校生もいるから」

「君に話があったんだが、終るまで無理か」

「いいんです。帰ってもいいとキャプテンに言われたんだけど、兄貴が見学してろと命令したんです。何時間もこんなの見てたら、参っちゃいますよ」

「まったくだ。やってるよりつらい。俺は、門のそばの車の中にいる。できたら、そこに来てくれないか？」

「車には、乗りません」

「俺と一緒にグラウンドを出ちまうのが、まずいんじゃないかと思って言っただけだよ。ほかの場所でもいいんだ」

「車のところに行きます。車に乗らないだけです」

有子より、山崎の方に似ていると思った。

私は少年の肩を軽く一度叩《たた》き、埃《ほこり》っぽいグラウンドを出た。

車の中で待っていると、五分もせずに少年はやってきた。

「車、ポルシェなんですね」

「好きなのか？」

「乗ったことはないけど、母が乗ってるの、軽自動車ですから」

「親父《おやじ》は？」

「運転しません」

それは間違いだった。山崎は、東京ではシーマを転がしていた。

「よく走るぜ。コーナーなんか、最高さ」

「ドリフト、したことはありますか？」

「気がむけば。この先の海沿いの道なんか、ドリフトさせるにゃちょうどいい。海沿いってのは、山の中より、ブラインドのコーナーが半分だからな」

「そうなんですか」

海側には、遮蔽物《しゃへいぶつ》はないという意味で言ったが、少年にはわからなかったようだ。

「乗ってみるか、好きなら」

少年は誘惑に勝てないだろう、と顔を見て私は思った。

「乗れよ。ひとっ走りしてやる」

助手席に乗りこんできた少年が、計器盤を覗きこんだ。

「海沿いの道を一往復だけだ。いいな。三十分で帰ってくるぞ」

私は車を出した。

山際新道からリスボン通りへ出、須佐街道へ出るという回り道を選んだ。少年の家にもホテル・カルタヘーナにも近づきたくなかったからだ。

別荘地を抜けて、海際の道に入った。

「シートベルトを、ちょっと強目に締めておけ」

私は二速まで落とし、フルスロットルで、ホイルスピンをさせながら加速した。見通しのいいコーナーは、アウト・イン・アウトで走る。六台ばかり抜いたところで、前に車がいなくなった。三速と四速を使い分ける。百二、三十キロだった。

コーナー。オーバースピードだ。尻《しり》を振った。私はカウンターを当て、車体を横むきにしてコーナーを抜けた。

「いまのが、ドリフトだ」

少年が、頷いたようだった。見通しのいいコーナーで、私はまたスロットルを踏みこんだ。急激に尻を振りはじめる。カウンター。スロットルはオンで、派手なドリフトになった。

「いまのが、パワードリフトだ。カウンターを当てながら、スロットルも踏んでる。それでいくらか速くなるし、コーナーを出た時の立ちあがりもいい」

私は、グリップ走行に移っていた。

「しかしな、ドリフトというのは、どうやろうとタイムロスなんだ。わかるか。グリップ走行で、尻を滑らせないようにしながら、限界まで走るのが、一番速い」

「おじさん、レースをやってたんですか?」

少年の声が、かすかにふるえている。

「暴走族みたいなもんだった。しかしやつらは速く走ろうとはしない。人の見ているところで、派手なことをやるのが好きなだけでな。山の中の、人のいない道なんて、最初から行きはしないんだ」

「そうなんです。ハコ乗りなんか、得意になってやるだけなんだ」

「タイムってやつは、厳しい。一秒の何十分の一かでも、遅けりゃ負けなんだ。それがレースってやつだろう」

私は、レースに出たことがあるわけではなかった。若いころから車に乗っている、というような育ち方をしたわけではない。いつもレースを夢見ていただけだ。

「帰ろうか。君が免許を持っていたら、運転させてやってもいいんだが」

「無理ですよ。テレビでレースを見るのは好きだけど、あんなことできません」

「中一だろう?」

「わかりますよ、自分で。度胸がないんです。自転車だって、坂道でスピードが出すぎるとおっかなくなっちゃうし」

「怕《こわ》いという思いが、大事なのさ。俺は、運転していてそう思う。ほんとに速いやつは、怕がりなんだ。怕がらないやつなんて、その前に死んじまってる」

植物園の中を通り、神前川を渡った。すぐに、神前亭の門だった。

私は、玄関に乗りつけ、また車を出すからそのままにしておくように、と言った。

「ここに、泊ってるんだ」

少年は、明らかに緊張していた。自分が入ってもいいのだろうか、という表情で、何度も私の方を見る。私は、本館の建物の中にある、ティラウンジに少年を連れていった。

「好きなものを、頼めよ」

少年はうつむいたままだ。私はメニューを見た。子供の喜びそうなものはなかった。

「オレンジジュースとコーヒー」

ホテル・カルタヘーナと同じように、泊り客ではなくても、本館のティラウンジまでは入れるようだった。ホテル・カルタヘーナは、神前亭のシステムをすべて真似ながら、洋風にしたのだろうか。

「名前、まだ聞いてないよな。俺は波崎という者だ」

「山崎広二《こうじ》です」

なぜこんなところに来ることになったのかと少年は考えているようだった。私は煙草に火をつけた。グラウンドで、広二が捨てた吸殻をとっさに拾いあげたのを思い出した。

「出せ」

広二が、私の顔を見る。

「ポケットの、吸殻さ。あんなものを、いつまでもポケットに入れておくな。ここには灰皿がある」

広二が、ズボンのポケットから、折れ曲がった吸殻を出し、灰皿に捨てた。

「こんなところまで付いてきちまったのがわかると、おふくろさんが怒るだろうな」

ジュースとコーヒーが運ばれてきた。

「俺は、おふくろさんに嫌われていてな。近づくといやな顔をされる」

私はコーヒーを口に運び、広二にも飲むように言った。

「俺がこの街に来たのは、君の親父に会うためなんだ。君の親父に会って、確かめたいことがある。それを確かめりゃ、俺はここを出ていく」

「父は、家にはいません」

「らしいな。俺は、この街へ来れば会えると思っていたが、そんな簡単なことでもないらしい」

広二は、ジュースに口をつけようとしなかった。もう一度勧めると、ようやくストローを取った。

「波崎さん、なにをやっている人ですか？」

「仕事の内容を言っても仕方がないだろうが、ついこの間まで、君の親父と組んで仕事をしていた。組んで、ちょうど二年目だった」

「父は、何年も家に帰ってきていません」

「それも、わかってる。君の親父さんが仕事をはじめて五年の間は、手強《てごわ》い俺の商売仇《しょうばいがたき》だった。いろいろとやり合ったが、組む方がいいとお互いに考えるようになったんだ。もっと強力な商売仇がいて、いがみ合ってたら両方とも潰《つぶ》されるとわかったからな」

広二が、ジュースにストローを突っこんだ。すぐには飲もうとしない。妙に大人っぽい仕草で、ジュースを掻き回していた。かすかに氷の触れ合う音がする。

「君の親父は、この街に戻っている」

広二が、私を見つめてきた。

「俺は、山崎進一を捜す。君のおふくろに頼もうと思ったが、やめにした。君に、捜すのを手伝ってくれ、と頼みたい。俺の話というのは、それだけなんだ」

「捜して、どうするんですか？」

「殴るかもしれんし、殺すかもしれん」

私がやろうとしているのは、山崎有子に対する脅迫のようなものだった。それも、子供を使ってやっている。卑劣だ、という思いはなかった。広二も、いずれすべてを知る。いずれではなく、いま知っていてもいいのだ。

「ジュースを飲み終ったら、帰れ。家の近くまで、車で送ろう」

「歩いて帰れます。すぐ近くです」

「ポルシェで帰るってのも、悪くはないさ」

広二は、じっとジュースを見ていた。紺色のセーターに、同じ色のズボン。襟もとから覗いている白いシャツは、清潔に洗濯してあった。

「なぜ、ぼくにそういう話をするんですか？」

「この街へ来て、はじめて会ったのが君だ。俺は、山崎家を滅茶苦茶《めちゃくちゃ》にするかもしれん。なにが起きたかわからないような状態になっても、やったのは俺だと思っていろ。母親も父親も悪くない」

「わかりません」

「なにが？」

「なんとなく、全部。波崎さんが、なぜこの街に来たのかとか」

「親父が、ここへ帰ってきている」

「ぼくは、会ってません」

「もういい。行こうか」

外は、暗くなりはじめていた。広二のジュースは、半分近く残っている。私が立ちあがると、広二も立った。

9　ブレイク・ショット

神前亭の門を出ると、パジェロが追ってきた。

日曜だが、天気が崩れて小雨が降りはじめている。海にも、朝から靄《もや》がたちこめていた。

植物園の中へ通じる道だった。神前川にかかる橋を渡ったところで、パジェロがパッシングしてきた。

若月だった。

「いろいろとやってくれるのはいいが、子供には関係ないんじゃないか、波崎」

「山崎有子が、早速おまえに御注進か」

きのう、広二を送っていったところを、有子に見られた。見られまいとしていたわけではなく、私は家の近くで広二を降ろした。その時、有子の車が後ろを走っていたのだ。

「広二に、なにを言った？」

「それを、俺に訊くのか、若月」

「関係ないだろう、子供は」

「甘い男だな。はじめから関係はある。広二は山崎進一の息子で、山崎がこの街に戻ってきた時に、女房だけじゃなく、息子たちも巻きこんだ。それだけのことさ」

「どうも、やり方が面白くないな。子供を利用したりしないで、堂々とやれよ」

私は煙草に火をつけた。ポルシェのボディには、細かい雨の粒が無数に付着している。

私は指さきでそれにちょっと触れた。

「俺はよそ者でね。それがこの街で生まれた人間を追ってきた。ところがどこかに潜りこんじまって、そいつは出てこない。捜す手がかりは、まず家族しかないだろう」

「広二を使って、捜す気かい？」

「使えるとなれば、誰だって使うさ。それがいやなら、山崎が出てくればいい」

「まったくだ。そこは、俺もそう思う」

「子供を使うなってのは、おまえのセンチメンタリズムだろう。なにも言わなくても、いずれ知るよ。それも仕方がない。俺は、そう思っている」

「出ていけよ、ここを」

「ほう」

「もともと、俺はこんなことを言うタイプじゃない。トラブルなんて、いつでもどこにでもあると思ってる。俺はよくそこに首を突っこむと嗤《わら》われるが、臭いものに蓋《ふた》をしておくのが嫌いなだけなんだ」

　私は、煙草を捨てて踏み潰した。その吸殻を、若月は拾おうとはしない。若月も、平気で吸殻を捨てるタイプだ。

「子供を巻きこむってのが、不愉快なだけなんだよ。やめろと言って、やめるようなタイプでもないだろう、おまえ。だから、出ていけよ」

「山崎に会ったら、出ていくさ」

「広二に、なんと言った？」

「親父が、この街に帰ってきている。そして俺は、親父を捜しに来た。会って話して、殴るかもしれん殺すかもしれんと」

「ひどい言い方だ、そりゃ」

「親父と握手するために来た、とでも言えばよかったのか」

「子供に、なにも言う必要はない」

「言っておくが、女房子供を巻きこんでいるのは、山崎だ。俺じゃない」

「おまえの理屈は、わかった。わかった上で、出ていけと言ってる」

「追い出せばいい。追い出されれば、仕方がないと俺も思うさ」

睨み合った。

若月が、息を吐き、全身から力を抜くのがわかった。

「実は、俺も山崎進一を捜した。見つからないんだ、これが」

「どこにいるか、知っている人間が、おまえのそばにいるじゃないか」

「訊いたが、駄目だった。何年も会っていないの一点張りだ」

「だったら、子供が巻きこまれることもない。そうなるだろう」

「おまえの理屈は、わかっていると言ってるだろう」

「結局、従業員だから助けたいんだろう。臭いものにも、蓋をしちまいたいんだろう、若月?」

「今度だけは、そうだね」

「立派な社長だ」

「出ていけ。俺が、追い出す」

「やれよ」

若月が、溜息《ためいき》をついた。

「死ぬまで、出ていかないだろうな、おまえ。つまり、俺はおまえを殺すことになる」

「仕方がないな、それも」

「おまえは、いつだってそうやってきたのか。死んでも構わないというふうにしてやってきたのか。俺には信じられないことだが」

「死んでも構わない、と思ってやってきたよ。男が守るものは、ひとつあればいい。そしてそれは、命なんかじゃないんだ」

「信じられんよ」

「わかるという気がするがな、おまえなら」

「俺と似たやつが、この世にいる。それが信じられんのさ」

「そういうことか」

私は、ポルシェのルーフの水滴を、また指さきで拭《ぬぐ》った。

若月が煙草をくわえ、ジッポで火をつけた。霧雨の中で、吐く煙がやけに濃いものに見えた。車が一台やってきて、通り過ぎていった。

「行くぜ、俺は」

「やっぱり、おまえを追い出すことになるな。俺は、そうすると思う」

「鏡でも見ながら、やるんだな。自分の人相がどんなふうに変っていくか、よくわかるだろうよ」

私は、車に乗りこんだ。

雨の中に立っている若月の姿が、ミラーの中で遠ざかっていった。

私が訪ねたのは、群秋生の家だった。

老人と黄金丸が、門のところで私を止めた。

老人は、インターホンで母屋となにかやり取りをしている。その間、私はしゃがみこんで黄金丸を見つめていた。勇敢そうな犬だった。

むこうも、私に多少の好奇心は持ったらしく、眼をそむけようとはしない。

「どうぞ」

老人が言った。私は車に乗りこみ、玄関のところまで走った。黄金丸は、ずっと車の脇を走ってきた。

老婦人が出てきて、私を家の中へ請《しょう》じ入れた。

「ビリヤード室で、待たせて貰《もら》います。先生の仕事が終ってからで結構ですから」

「仕事はなさっておりません。日曜ですから。ただ、旦那様《だんな》はきのうお酒をたくさん召しあがられて」

　午前十時を回ったところだった。つまり、宿酔《ふつかよ》いということなのか。

　私は、壁にかけられたキューを一本取り、スリークッションの台にむかった。玉を撞《つ》く。スリークッションは、図形のゲームでもある。四度続けて、私は的玉に当てた。

「いい腕だな」

　バスローブ姿の群秋生が、後ろに立っていた。男性用のコロンの香りが、かすかに流れてくる。

「お礼に伺いました。それから、お願いをひとつ」

「言ってみろよ。礼の方はいい」

「きのう、日本刀を振っておられましたね」

「決闘の申込みか、おい。俺は示現《じげん》流を遣うぞ」

「刀は、ひと振りだけですか？」

「いや、五振り持ってる」

「どうにもならない、なまくらをお持ちじゃありませんかね？」

「見くびるな。全部、美術品だよ」

「いい刀をお持ちの方にかぎって、なまくらもお持ちなんですよ。衝動的になにかを斬《き》りたくなった時、いい刀を遣って刃こぼれなんかさせるのは勿体《もったい》ないですからね」

「おまえは、営業マンでもやってたのか、波崎。人の自尊心をくすぐるのがうまいじゃないか」

「俺は、なまくらをひと振り譲っていただきたいだけですよ」

「まあ、木や竹を斬るために買ったなまくらから、気紛れに買ってあまり持っていたくないと思うものまで、かなりの数はある。自慢できるのが、五振りということだ」

「譲ってください」

群秋生はなにも言わず、ポケットの台に三角の枠を置き、ケースから玉を出して並べはじめた。キューのバランスもいいが、玉も象牙《ぞうげ》で作られた上物《じょうもの》だった。羅紗《ラシャ》にはいくつか傷があり、細い糸で縫ってある。マッセーで突き破ったのだろう。わざと、破れた羅紗を張り替えずにいるに違いなかった。

人生の傷も、こうやって縫えばいい、などと群秋生なら言うのかもしれない。

十五個の玉を三角に並べると、群秋生はしばらく腕を組んで眺めていた。

十五の玉を、ゲームの最初に崩すのを、ブレイク・ショットという。崩し方により、その後のゲームの展開も変る。

「一番の玉だ。一番の玉だけ、その中からひっぱがしてみろ、波崎」

三角の頂点にあるのが、一番だった。それに玉を当てれば、その力は残りの十四個すべてに伝わる。一番だけひっぱがすというのは、至難の技だった。

方法は、ひとつだけありそうだった。

頂点にある玉は、二列目の二つに接している。つまり当たった力は、半分ずつになる。三列目は三つで、四列目は四つ、五列目は五つだ。頂点の玉に当てて、最初に動くのは五列目である。五列目の玉に、動かない程度の力を伝える。それで、頂点の玉だけが動く。それも、正面から狙《ねら》っては駄目である。

私は、白い手玉を台の端に持ってきた。それから、十五個の玉が、全部ちゃんと接触しているかどうか確かめた。わずかでも離れていれば、計算は狂ってくる。

私は、キューを構えた。やや引き気味の玉にする。それしかないだろう。引き玉は、下部を撞かなければならない。それで進む方向とは反対の回転が出るのだ。

弱すぎると、撞いた手玉がその場に留《とど》まり、思わぬ弾き合いをする。強すぎると、五列目が動くほどの力を伝えることになる。

慎重に私はキューを引き、突き出した。

頂点の玉にまともに当たる。手玉は少しバックした。頂点の玉は、残りの十四個と、二センチほど離れた。

「なるほど。そうやって撞けばいいのか」

「一番に、掠《かす》めるように当てようとすると、動かないでしょう。回転の力になるんで、それがブレーキになるんですよ」

「まともな引き玉か。なるほどね。俺はここのところ、このショットの研究をしてきたんだが、どうもうまくいかなかった」

「ダーツとは、だいぶ腕が違いますね」

「おまえもな」

群秋生は、動いた一番を、慎重に戻した。

「いいか、これがいまのこの街だ。ここにこんなのを打ちこむと、こうなる」

群秋生はキューを構え、正面から手玉を打ちこんだ。冴《さ》えた音がし、十五個の玉は盤面に散らばった。

「俺は、この街を一度こうした方がいいと思ってる」

群秋生は、キューを壁に戻しながら言った。宿酔いとは思えない、すっきりした表情をしていた。

「しかし、俺は住んで数年の部外者だ。いつだって思ってみるだけでね」

「要するに、久納一族の団結があり、それがいろいろと問題を起こしているということですね」

「問題は、なにも起きない。起きる前に、解決されている気配がある」

「じゃ、いいじゃないですか」

「時々、息が詰まる。もっとも、地球上のどこにいても、俺はそうなると思うがね」

群秋生が、ビリヤード室を出ていった。

布の袋を持って戻ってくると、群秋生は紐《ひも》を解き、五、六十センチの刃の刀を抜いた。

「教育委員会が出している、所持許可証もある。持ってなきゃ、すぐに検挙だ」

「わかりました」

大刀ほどの長さはないが、脇差《わきざし》にしては長すぎた。

「おまえに、ぴったりだよ」

「長すぎなくて、助かります」

「そういう意味じゃない。刃物としては半端物と呼ばれている。武士にはなれないが、刀は必要だったやくざ者が、この長脇差を使っていたのさ」

苦笑して、私はそれを受け取った。白鞘《しらさや》のままだ。

「ブレイク・ショットをやりたがっている男を、俺はひとりだけ知ってる」

「部外者ではなく、ですか？」

「姫島の爺さんさ。ただ、あの男は情に厚すぎる。相当大きな不幸を呼ぶだろうというようなことは、多分できない」

私は頷いた。これで終りだというように、群秋生は軽く片手を振った。

10　ブラック・ホール

ただ犬のように嗅《か》ぎ回るしか、方法はなかった。

私は、山崎進一が乗っていた、品川ナンバーのグリーンのシーマを捜すことにした。街の端の公園の駐車場から、病院の駐車場、コンドミニアムの駐車場、ホテルの駐車場、と走り回った。およそ車があると思えるところは、個人のガレージさえ覗きこんだ。

グリーンのシーマは三台見つけたが、どれも品川ナンバーではなかった。

私は地図に、ひとつずつ印をつけて潰した。街全体を見れば気の遠くなるような作業で、山崎がこの街までシーマに乗ってきたという確証もないが、いまとれる方法はそれだけだった。

新興住宅地を一軒ずつ見て、S市へ通じるトンネルのそばに出てきた時、泥で汚れた小型トラックと出会った。土建屋のトラックというにはいささか小さく、道具も積んでいない。私の行手を塞《ふさ》ぐようにして停《と》まると、水村が降りてきた。

「頑丈な躰をしてやがるな」

私の全身を見回し、水村が言った。

「血の小便ぐらいは出るだろう、と会長はおっしゃってたが」

「医者が、大丈夫だと言ったんだろうが」

「会長は、医師免許を持っておられる」

「ふうん。土建屋かなにかだろう、と思ってたが」

「かつて、軍医をやっておられた。終戦の二年ほど前から、巡洋艦や駆逐艦の軍医を」

「じゃ、診断が荒っぽいはずだ」

私は、煙草に火をつけた。水村は喫《す》わないらしい。

「山崎がおまえにかけた損害は、三百万じゃなかったみたいだな」

「爺さんは、三百万と読んだのか？」

「山崎が、そう言った。会長はそれを確かめてみようとされただけだ。おまえが街を出ていかないにしたところで、損害が完全に補塡《ほてん》されていたら、動きは多少違うだろうと思われてな」

「俺に訊けばいい話じゃないか」

「一応、山崎が言ったことを信用しようとされた。それに」

そこで、水村は黙りこんだ。待ったが、次の言葉は出てこなかった。

姫島の爺さんは、私に金をやろうとしたのかもしれない、とふと思った。私の財布の中身に同情してでないことは確かだろう。

「派手に使ってるみたいだな、神前亭なんかに泊って。なぜホテル・カルタヘーナじゃないのかと、会長は大きな関心を払っておられる」

「俺は、日本旅館が好きなんだよ」

「つまらんことを並べるのは、そろそろやめにしろ。おまえが神前亭を選んだんだ。会長は心配しておられるんだ」

「理由はない。鼻が利くだけなんだ」

「とにかく、気をつけろ」

「なにを？」

私は煙草を捨てた。

「おまえは、とんでもないところに首を突っこむかもしれん。その犬みたいな鼻を利かせてな。いや、もう突っこんでるか。とにかく、腰を据えろ。上っ面に騙《だま》されるな」

「それは、爺さんの忠告かね？」

「いや、俺の忠告だ」

「室井を締めあげたんで、おまえとやり合うことになる。その時は、なにか武器になるものを持ってた方がいい、と忠告してくれたやつがいたよ」

「どうせ、若月あたりだろう」

「冷たい男じゃないな」

私は、水村を見つめて言った。

「すべてを、姫島の爺さんに委《ゆだ》ねているだけだ。だから、冷たそうに見える」

私が言ったことを、水村は無視していた。

霧雨はいつの間にかやんで、時々薄陽《うすび》が射《さ》しはじめていた。私は、二本目の煙草に火をつけた。観光バスが数台連なって、S市の方へ走っていった。

「俺は、おまえみたいな男は気にくわん。蹴り倒したくなる」

「自由だからさ。誰にも、なにも委ねちゃいないからだ」

「おまえみたいな男で、おまえと言ったわけじゃない」

水村が、笑ったようだった。

長い間笑わなかったので、笑い方を忘れてしまった男のように、顔の筋肉の動きがぎこちなかった。

「気をつけろ、波崎。若月も知らないことが、この街にはいくらでもある」

「どういうことだ？」

「ブラック・ホールっての、知ってるか。宇宙にあって、近くのものはなんでも呑《の》みこんじまうってやつだ」

「この街がブラック・ホールなのかね？」

「そんなものが、この街のどこかにありそうだ。そうは思わねえか？」

「俺は、ここへ来てまだ数日だ」

「しかし鼻は利きすぎる。ブラック・ホールを嗅ぎ出さねえともかぎらん。嗅ぎ出したと思った時は、おまえは吸いこまれてるぜ」

「気をつけよう」

二本目の煙草を、私は捨てて靴で踏んだ。

きれいな街だが、なぜか汚したいという気分になってしまう。もともと、煙草のマナーがそう悪い人間ではなかった。

「いつも、このトラックなのか、水村?」

「ああ」

「いいね。俺は、ホテル・カルタヘーナの忍が、ベントレー・ターボを運転しているのを一度見かけたよ」

「あの人には、あれが合ってる」

水村がトラックに乗りこむと、S市の方へ走り去った。

私は、また駐車場を回りはじめた。それしか、やることが思いつかないのだ。

リスボン通りのレストランで昼めしを食ったのは午後二時過ぎで、それからまた三時間走り回った。それでもまだ、街の五分の一も調べ終えてはいなかった。

新興住宅地は、歩いて回った。数メートル進んでは停まる、ということをくり返さなければならなかったのだ。しかしそこは、歩く必要のないところだったと、歩きはじめて気づいた。いわゆる建売住宅が並んだところで、どこもまだ完成はしていなかったのだ。したがって、街灯も少なく薄暗かった。

車に戻ろうとした。

肌が痺《しび》れた。なにかを感じた。そうとしか言い様がなかった。私は立ち止まり、煙草に火をつけながら、周囲を窺《うかが》った。人の姿など、勿論見えはしなかった。

煙草を捨て、私は走った。

一軒の家のドアが開き、五、六人が飛び出してきた。私は、ポルシェまで全力疾走した。車に乗りこんでエンジンをかける、という暇はないだろう、と走りながら考えた。足音は、すぐ後ろを追ってくる。

私は車に飛びつき、ドアを開け、運転席と助手席の間に収《しま》いこんだ日本刀を取ると、そのまま路面に転がった。

コンクリートが弾ける、鈍い音がした。

鉄パイプのようなものが、続けざまに打ち降ろされてくる。私は躰を丸くして路面を転がり、ようやく立った。

暗がり。八人いる。持っているのは、鉄パイプやチェーンだった。

私の方から、踏み出した。わっという叫びが聞えた。鞘から刀を抜きざまに、ひとりの腕を斬ったのだ。そのまま走った。追ってくる。塀。ぶつかった。その瞬間、私は躰のむきを変えていた。刀を横に払う。また叫び声があがった。腿《もも》を押さえて、男がのたうち回っている。

チェーンが起こす風。潜《くぐ》り抜けるように私は姿勢を低くし、走り抜けた。すぐにふり返り、刀を突き出した。脇腹を刺したようだ。浅い。上へ撥《は》ねあげるようにして、抜いた。鉄パイプ。振り降ろされてくる。路面が弾けた。私は踏み出し、引かれかけた鉄パイプを片手で摑み、腕を斬った。斬り落とすつもりで斬ったが、高い叫び声があがっただけだ。また走った。距離をつめて追ってはこない。ふりむくと、私の方から突っこんだ。ひとりの腕を斬った。私も、肩をチェーンで打たれていた。

息があがっている。これ以上、走れはしないと思った。動けもしない。しかし、私は踏み出した。肺など、潰れてしまえばいいと思った。

三人。踏み出した私に、たじろいだ。さらに踏み出す。三人が、逃げはじめた。

私は反対に走り、ドアが開いたままのポルシェに飛び乗った。

エンジンをかける。急発進をする。ローのまま、突っ走った。数百メートル走ったところで、明るくなった。日向見通りだ。

車を停め、サイドブレーキを引き、私はしばらく喘《あえ》ぐように大きな呼吸を続けた。

二度、ドアを開けて吐き、舗道の通行人にいやな顔をされた。

全身が、汗にまみれていた。ようやく、息が楽になってきた。

殺す気はなかった、と私は考えはじめた。しかし、身動きできないほどの重傷は負わせるつもりだっただろう。持っていた武器を考えると、そういうことだ。

刀まで辿り着けたのは、運がよかった。素手だったら、こう簡単に逃がしてはくれなかっただろう。刀が、相手を怯《ひる》ませたのだ。

額の汗を、掌《て》で拭った。点々と返り血を浴びているようだ。私はセーターを脱いだ。今度買う時は、赤いセーターにしようと思った。ジーンズの返り血は、放っておくしかない。ようやく気づいて、私はエアコンを全開にした。冷たい風。次第に、汗が収まってきた。肩が、腫《は》れあがって痛みはじめている。

何人斬ったのか、と私は考えはじめた。深いものもあれば浅いものもあるが、五人には傷を負わせた。

連中は、ああいう襲撃そのものには馴《な》れていなかったが、人を殴ることにはためらいを見せていなかった。やくざのやり方と、どこか似ている。しかし、確証があるわけではなかった。

車を出した。

大したブラック・ホールじゃなかった、と私は思った。私が車を捜し回ることは眼障りなのだ、ということがはっきりわかっただけだ。

次は鉄パイプなどという甘いものではないだろう。

いつの間にか、神前亭へ戻ってきていた。

私はセーターに刀をくるんで持ち、カートに乗った。

「風呂《ふろ》だ」

部屋付きのメイドにそう言った。

「沸いております」

メイドが言う。私は、刀を持ったまま風呂に入った。

浴室は広く、三、四人が充分に一緒に入れる風呂だった。鏡に肩を映した。赤黒く腫れあがっている。

バスローブを着て、居間へ行った。用を言いつけられるのを待っている、中年のメイドの表情は、まったく動かなかった。

11　銃撃

品川ナンバーの、グリーンのシーマを捜し続けるしか、私には方法がなかった。

ポルシェを使って大っぴらにやるということは避け、目立たない白いカローラのレンタカーを借りた。

グリーンのシーマを一台見つけたが、山崎のものとはナンバーも年式も違った。車一台を捜すとなると、こんな街でも気が遠くなるほど広かった。

目立たないようにはしていたものの、完全に隠れようと思っているわけではなかった。私は躰《からだ》に週刊誌を巻きつけて剣道の防具のようにし、股間《こかん》も乗馬用のプロテクターで防御した。この街には立派な乗馬クラブがあり、障害のコースまで作ってあるので、それが手に入ったのだ。その上に厚いセーターとダブダブのレインコートを着こんだ。コートは、腰に差した刀を隠すためだ。

腕に傷を負った男の姿も、車と一緒に捜した。何人かに、私は傷を負わせたはずで、腕なら見つけやすいだろうと思ったのだ。そういう男の姿も、見つけられなかった。

代りに私が見つけたのは、山崎有子の家を張っているとしか思えない、一台の車だった。紺のＢＭＷで、品川ナンバーである。三十分おきに、私はその車がまだいるかどうか確めた。午後二時にその車はどこかへ走り去り、代りに黒いベンツが同じ場所に停《と》まった。乗っているのは二人。ＢＭＷと合わせて四人ということになる。

私は街を走り回り、ＢＭＷがどこにいるか捜した。グリーンのシーマほど、捜すのは難しくなかった。マリーナの隣のホテルの駐車場にそれはいた。

「こんないい天気に、レインコートなんかを着て、なにしてるんですか？」

野中だった。

「波崎さん泊ってるの、神前亭でしょう？」

「おまえの事務所も、ホテル・カルタヘーナだろうが」

「船酔いした客を、送り届けただけですよ。この季節は、日によっては天気でも海は荒れていましてね。天気だからいいと思って、船に乗りたがる人がいるんで、俺らも苦労しますよ」

「こんな季節に泳がせた仕返しは、いつでもいいぞ」

「忘れろ、とボスに言われています」

「忍さん？」

「若月さんですよ、俺のボスは」

「やつの言うことなら、聞くのかね？」

「まあね。ボスだし、いろんな事情もありそうだから」

野中が煙草《たばこ》をくわえた。

「俺は、虫が好かない人だとは思ってますよ」

「当たり前だな」

「いつだって、ボスの言いなりじゃないってことだけ、言っておきます」

「それも、当たり前だな」

私は、ＢＭＷの方を見ていた。スーツを着た男が二人、ホテルの玄関から出てきて乗りこんだ。観光客には見えず、そう見えないことを気にしてもいないようだった。

「山崎有子は、事務所かね？」

「言いたくないですね」

「山崎有子や息子たちがなにかに巻きこまれるとしたら、そうしているのは俺じゃなく、山崎だぜ、坊や」

「俺は、男の方は知りませんでね。山崎有子とは、何年か一緒に働いた。事務なんてもんが苦手な俺は、ずいぶん助けて貰《もら》いましたよ」

「おまえに事情があるように、俺にも事情はある」

「わかりますがね」

「俺の通る道に立ち塞《ふさ》がるな。それだけ言っておく」

「立ち塞がるかもしれません。俺も、それだけ言っておきますよ」

　BMWの二人は、車の中でなにか話していた。私がただ見ているだけでなく、野中と立話をしていられるのは、好都合だった。

「中三と中一の兄弟か」

「子供ですよ」

「巻きこんでるのは山崎だと、何度も言っているだろう」

「二人とも、サッカーをやってる、ただの子供にしか見えません。俺にとっては、そうなんです」

「おまえも、坊やにしか見えんよ」

「やり方ってやつがある。どんな事情があろうと」

「俺は、この街じゃひとりなんだよ、坊や。出ていけとまで言われているし、動けば動いたで痛い目に遭わされる」

ＢＭＷが、エンジンをかけ走り去った。

「あれから、またなにかやったんですか？」

「なにも。俺がこの街でやろうとしているのは、ひとつだけさ」

ちょっと肩を竦《すく》め、私はカローラに乗りこんだ。

山崎有子の家を見張っているのは、まだ黒いベンツだった。かなり離れた場所で私は待った。ベンツの方が動き出したら、尾行《つけ》ようと考えたのだ。たとえホテルに帰るだけだとしても、あてもなくグリーンのシーマを捜すよりは見つけられるものがあるかもしれない。

車が、一台通りすぎた。

ほかにも通る車はあったが、男四人が乗っていることが、なんとなく気になった。その車は、五分も経《た》たずに同じ道を戻ってきた。

山崎有子の家が張られていることを、連中が気づいた。そう思えた。

連中というのが、水村が使っている男たちなのか、まったく別なのか、そこのところはわからない。昨晩私を襲ったのは、水村のところの連中ではないだろう。だからといって、水村がすでに山崎有子のガードを解いたとも断定できなかった。

　動きが、出てきている。少なくとも、私に関係あるところとは別に、動きが出てきている。まわりが動いていれば、私も動きやすくなることは間違いなさそうだった。

　夕方になるとベンツは動きはじめ、ホテル・カルタヘーナの方へむかった。

　通用門のそばに、ＢＭＷがいた。それとはだいぶ離れたところに、ベンツは停まった。私のようにいきなり山崎有子を訪ねたりする真似《まね》は、しない男たちらしい。

　山崎有子の運転する、軽自動車が出てきた。ＢＭＷは動かず、ベンツの方が動いた。私は、ＢＭＷが動くまで待った。携帯電話で連絡を取り合っているのは、間違いないだろう。

　ＢＭＷが動きはじめた。

　リスボン通りを二の辻へむかう途中で、ベンツに追突している軽自動車が見えた。バンパーが当たった程度で、大した事故ではない。男が二人、山崎有子を挟みこむようにして話していた。追突させたのだとしたら、ドライバーはいい腕だ。接近の方法として巧みでもある。

　ＢＭＷは、少し後方で様子を見ていた。

　話し合いは、十分ほど続いた。ワゴン車が一台やってきて二台の後ろに停まった。八人ばかりが降りてきた。二人の男は、それを見ても動じたようではなかった。関係ないというように、ひとりが手を振っている。八人の中に、左腕を三角巾《さんかくきん》で吊《つ》った男がいた。私は、ワゴン車のナンバーを頭に叩《たた》きこんだ。

二人と八人の間に、緊張感が走った。八人が二人を押し包もうとし、二人は抗《あらが》いながらベンツに戻ろうとしている。人だかりができはじめた。八人は、ワゴン車に二人を押しこもうとしているようだ。

赤い軽自動車が、路上で入り乱れはじめた十人の中に突っこみ、派手にクラクションを鳴らした。八人を分断するような、巧妙な突っこみ方だったが、走ってきた車が路上の人だかりに紛れこんだようにも見える。

二人が、ベンツに飛びこんだ。ベンツは、急発進していく。軽自動車を運転しているのは、学生ふうの男女だった。車もレンタカーのようだ。観光客というふうにしか見えなかった。八人のうちのひとりが軽自動車に悪態をついたようだが、別のひとりが止めた。八人を乗せたワゴン車が走り去った。路肩でうずくまっていたＢＭＷが、滑るように出てくると、それを追った。

私は、赤い軽自動車を尾行《つけ》た。

二の辻で左折すると、赤い軽自動車は路肩に寄り、助手席の女の方が携帯電話でなにか話しはじめた。

すでに、街は人工の光と入れ替っていた。

私は、そこで赤い自動車を尾行るのをやめ、小さなレストランで軽い食事をとると、

『てまり』の扉を押した。

客は、まだ誰もいなかった。

「バーボンソーダでよろしいですか？」

バーテンが言う。黙って、私は頷《うなず》いた。ジャズがかかる日らしい。

「名前、なんだったっけ」

「宇津木《うつぎ》と申します」

「音楽はいつも、君が決めるのか？」

「いえ。店の主人がその日はなにと決めておりまして、私が決めるのは順番だけです。もっとも、レコードが置いてある通りの順番で、決めるということにはならないかもしれませんが」

「つまり、今夜はジャズさえかければいいということだね」

頷き、宇津木がバーボンソーダを差し出してきた。ステアはしていない。

「俺は波崎というんだ」

「ボトルタグに、お名前を書いていただきましたよ」

「そうだったな」

「お好みのジャズがあれば、なにか？」

「いや、騒々しくなけりゃいい」

音楽など、流れていればいいというだけのことだ。一杯目のバーボンソーダを、私は二口で飲み干した。私が頷くと、宇津木は手早く二杯目を作った。

扉が開いた。

「やあ」

私は入ってきた女の顔を見て言った。群秋生の秘書の小野玲子だった。

「一杯だけ、いただくわ」

言って、小野玲子は私の隣に腰を降ろした。

「見ませんよ」

「そう」

「仕方ないでしょう。二、三日すれば戻ってこられますよ」

「それが、新刊のインタビューが入ってるの。今夜の七時。こちらから指定した時間なのに」

小野玲子と宇津木の話は、主語が省かれていたが、群秋生のことを喋《しやべ》っているようだった。

「面倒になったんだわ、きっと」

「俺なんかとの約束も破ったことがないのに、仕事の約束が面倒だなんて」

「生きてることがよ。救いは、面倒になる間隔が縮まってないことね」

宇津木がシェーカーを振り、白っぽい色のカクテルを作った。

「波崎さんは、作家の気紛《きまぐ》れにまだ振り回されてませんわよね」

カクテルグラスに手をのばしながら、小野玲子が言った。私は煙草に火をつけた。

「ずいぶんと気紛れな人だと思ったが」

「気紛れを装って、他人に気を遣うような人なんですよ。だからって、それで疲れるわけでもないみたいなんだけど。気紛れは、もっと深いところから出てきてるわ」

小野玲子は、持ちあげたかと思うと、グラスの中身を空けていた。二杯目を、宇津木は作る気配を見せなかった。

「タクシーで出かけちゃったんで、捜しようもないわ」

私は、群秋生の家のガレージに並んでいた、三台の外車の姿を思い浮かべた。ドイツ車はなく、気紛れな車だけだったような気がする。ブルーのマセラーティ・スパイダーと、グリーンのダイムラー・ダブルシックスと赤いジープ・チェロキー。多分、間違いないはずだ。

「見かけたら、どうすりゃいいんだね？」

私が言うと、小野玲子はちょっと困ったような顔をした。

「車に乗せて、自宅まで強制連行すればいいわけか。散々悪態はつかれると思うが」

「見かけたら、一応試みてください」

言うことを聞かないかもしれない、ということだろう。家出少年を連れ帰るというわけではない。それでも小野玲子の口調は、家出少年を嘆く母親のようなものだった。

小野玲子が、店を出ていった。

私は、何杯目かのバーボンソーダを口に運んだ。女の子が二人、連れ立って出勤してくる。店の中が、不意に華やいできた。

私は、二時間ほど、そうやって飲み続けていた。その間に、客は十数人やってきた。

街が騒々しい、と感じたのは十時近くになったころだ。宇津木も、そう感じたようだ。

「火事かな」

言った私が、火事とは思っていなかった。

野中が、飛びこんできた。若月を捜しているらしい。

「撃たれたんだよ。派手にやってくれたもんさ。四人ぐらい、死んだんじゃないかって話だ」

「誰が撃たれ、誰が撃った？」

カウンター越しの、野中と宇津木の会話も緊迫していた。

「芳林会《ほうりんかい》じゃないみたいだ。藤建のところの連中が、一方的に撃たれてるだけで、マイクロバスも横倒しだよ」

半端なやり方をしない連中が、山崎を捜しにやってきた。つまり、私のまわりは動きはじめた。

　私は、半分以下に減ったバーボンのボトルに眼《め》をやった。

12　会談

　白いカローラを返し、私は自分のメタリックグレーのポルシェでホテル・カルタヘーナへ行った。

　オフィスの扉を開くと、野中とぶつかりそうになった。

「マリーナにいるんじゃなかったのかね？」

「俺は、ここの社員ですよ。それにここは、あんたが来るところじゃない」

「若月に用があってね」

「ボスはいない」

「殺気立ってるじゃないか、坊や。きのうは何人も撃たれたし、若月も死んでるんじゃないのか」

　言いながら、私は山崎有子の方を見ていた。有子は、顔をあげようとせず、書類に眼をやっている。

「きのうの撃ち合いに、ボスが関係してるとでもいうんですか？」

「撃ち合いじゃない。藤建とかいうところのやつらが、一方的に撃たれただけさ。藤建のやつらは、前の晩に俺も襲った。つまり、山崎を捜してる人間は藤建が襲う。そういうことだった。きのうもそうさ。山崎を捜してる連中を襲おうとして、逆襲を食らったんだ。撃ったのは、山崎を捜してる連中さ」

「あんた以外に、そんなのがいるんですか。あんたは、事件が起きた時、『てまり』で飲んだくれていたでしょうが」

「俺だと疑われちゃかなわんからな。それで宇津木にアリバイを証明して貰うことにした。とにかく、撃たれたのは山崎を護《まも》ろうとしていた側だ。だから、ついでに若月もやられたんじゃないか、と言ってる」

「ボスは、渚《なぎさ》ハーバーですよ」

「そうか。それを訊《き》いてたんだ。おまえの顔は、素直じゃなかったんでね」

「ボスに会って、どうする気です？」

「状況が変った。俺に相談したいこともあるんじゃないかと思ってね。今度来た連中は、半端じゃない。俺のように馬鹿でもない。簡単に、山崎の息子たちを護れはしないぜ」

山崎有子の肩が、ぴくりと動いた。

「なにを言い出すんだ、あんた」

「考えてもみろよ、坊や。山崎を護ってるってだけで、あっさり撃ち殺しちまう連中だぜ。

息子をひとり、締めあげる。場合によっちゃ殺す。次に二人目。そういうふうにして、山崎進一と有子を追いつめるってことは、考えりゃわかるじゃないか。そういう点で、ただ訊き出そうとした俺なんか、ずっと質《たち》はよかった」

「知らないんです」

叫ぶように言い、山崎有子が椅子《いす》から立ちあがった。

「この街に戻ってきた時、一度会っただけです。水村さんを、頼ったみたいですが、一度だけだと言われました。それでも姫島に行って、それからは会ってません」

「電話は？」

会ったのが一度きりというのは、ありそうなことだった。電話について、山崎有子はなにも言おうとしない。

「そうか、電話はあったか。多分、むこうから一方的にかかってきただけだ、と言うんだろうな」

「波崎さん、息子がどうのと言って脅すの、あまりフェアじゃないんじゃありませんか。山崎さん、蒼《あお》くなっちまってる」

「おい、坊や。おまえはその可能性をまったく考えない、と言うんじゃあるまいな。現に、彼女だって考えてるから蒼くなってる。俺に脅しというのは、ちょっと見当違いだぜ」

山崎有子は、まだ立ったままだった。

「もし息子たちになにかあるとしたら、山崎を護ろうとしたおまえたちにも責任はある。こうなりゃ、半端な覚悟じゃ護れはしないんだから」

野中がうつむいた。

「それじゃ、若月がマリーナのどこだか教えてくれないか？」

「蒼竜にいます。二本マストの帆船です」

「俺が会いにいくのを、止めたりはしないよな、野中？」

「そりゃ」

私は、軽く野中の肩を叩いて、踵《きびす》を返した。

ポルシェを転がしてマリーナへ行き、若月のパジェロのそばに駐《と》めた。

蒼竜は、ポンツーンの端に一艘《そう》だけ繋留《けいりゅう》されていた。ほかの船は、クラブハウスに近いポンツーンだ。

蒼竜の梯子《はしご》に手をかけた。クルーらしい若い男が飛んできた。立ち塞がる恰好《かっこう》だ。

「通してやれ」

キャビンから声がかかった。

私は梯子に足をかけ、木製の甲板に立った。キャビンから、若月が顔だけ出してくる。

「生きてたのか、波崎」

「そりゃこっちの科白《せりふ》でね。きのう銃を使ったのは、山崎を追ってる連中だ。つまり、俺とは味方同士ってことになる」

「おまえひとりを味方につけたところで、大して得をしたとも思わない連中だろう」

私は、キャビンに入っていった。

忍がいた。ベントレーが駐めてあるのは見かけなかったから、若月の車に乗ってきたのかもしれない。

「首脳会談ってわけか」

「この街で銃撃戦があり、四人が死んで四人が重傷。高級リゾート地としては、これは大問題でね」

忍が煙草に火をつけながら言った。

ウォールナットの内装はきれいに磨きあげられていて、この街の表の顔のようだった。裏の顔は、フジツボや海藻がこびりついた船底というところだ。

若月が、レインコート姿の私を見あげた。私は、ソファにゆっくりと腰を降ろした。週刊誌を躰に巻きつけているので、動きはぎこちなくなってしまう。

「どこの連中か、見当はつくかね？」

「さあね。山崎に追われる理由はいくらでもある。俺は、この街を知っていたから、一番早かったってだけのことでね」

「波崎、俺たちも山崎を捜そうって気になってる。若月と協力してやろうって気にならないか？」

「ごめんですね」

私は煙草をくわえた。

「俺を追い出そうとしておきながら、やばくなると手を組もうですか」

「状況が変った」

「変ることは、はなからわかってた。あんたらの見通しが甘かっただけだ」

若月が、私とむかい合うような恰好で腰を降ろした。

「ひとりで、なにができる、波崎？」

「大したことはできん。そう思ってた。ところが状況が変った。いいか、若月。俺にとっちゃチャンスだ。強い力同士がぶつかって潰《つぶ》し合う。ひとりでつけこめるのは、こんな時だと思わないか。それを、おまえと組むなんて、自分からチャンスを捨てるようなもんだね」

「まったく、おまえの言う通りさ」

忍が、口もとだけで笑った。

船が、かすかに揺れた。波は、さほどないはずだ。丸い船窓から覗《のぞ》きこむと、ばかでかいクルーザーが通り過ぎるところだった。

「姫島の爺《じい》さんのクルーザーだな。爺さんも乗ってるのかな」

中腰で、私は船窓を覗きこんでいた。クルーザーの甲板には、若い男が三人立っている。水村の姿は見えなかった。

しばらく、忍も若月も喋らなかった。

テンダーが近づいてくる音がした。あれぐらいのクルーザーになると、テンダーでも十人ぐらいは乗れそうだ。

「お迎えだ」

忍が言う。若月がかすかに頷いた。

「爺さんなら、俺も会いたいね」

「なにを言ってるんだ、おまえ」

「いや、ソルティ。こいつも連れていこう。爺さんはこいつを気に入ってるようだし」

若月は不満そうだったが、忍は甲板に出ていった。私も、忍のあとに続いた。

ボストン・ホエラーの、二十五フィートのテンダーだった。十人どころか、二十人でも乗れそうだ。

クルーザーは、ハーバーの真中に投錨《とうびょう》していた。そう思ったが、近づくとただ停まっているだけで、錨索はどこからも出ていない。

スターンから乗り移った。

若いクルーが、私たちに一礼し、案内していく。大きな居間に通された。客船の居間という感じだ。

私たちは、三人並んでソファに腰を降ろした。この間、私が診察を受けた場所とは違う。エレベーターでもついていそうな船だ。

「なんて船だ、これは」

「三百トンある。日本にこれほどの船は、ほかにないな」

「蒼竜が、ボートみたいな気になりますよ、いつ乗っても」

若月が言った。

ドアが開き、水村が姿を見せた。ドーベルマンが一頭、ぴたりとついている。

「波崎まで来いと、会長は言われなかったはずですが、忍さん」

「勝手についてきた。ふり払うにゃ厄介すぎる男でね。蒼竜には自分でやってきて、この船が入ってくるのを見ちまったんだ」

気づくと、船は動きはじめていた。ほとんど揺れはない。

「まあ、会長が判断されるでしょう。忍さんが連れてきたのを」

「勝手についてきた。そう言ったろう」

「黙って連れてくる人でもない」

水村は立ったままだった。

爺さんが、ひとりで入ってきた。ジャンパーの襟を立て、潮焼けした顔は老クルーのようにしか見えない。忍と若月が立ちあがったので、私もなんとなく腰をあげた。

「騒々しいな」

「はい」

「座れ」

腰を降ろした。爺さんは、ほとんど私に気がついていないように見えた。

「騒がしすぎる」

「今度のことは、事件でして。外部の人間が起こしてしまった、事件です」

「誰が起こそうと、街で起こった。まったく、きれいな顔をして男を騙《だま》す女だな、あの街は。いつ片が付く？」

「会長にまで御心配をおかけして、申し訳ないと思っておりますが」

「心配などしておらん。あんな街は、早いとこ地上から消えちまった方がいい。ただ、山崎には息子が二人おったろう」

「はい」

「巻きこむな。そんなことは、わしが許さんぞ」

「山崎は現在」

「山崎など、どうでもいい。どこにいようとな」

「山崎の居所、忍さんは知ってるんですか？」

思わず、私は言っていた。爺さんの皺《しわ》の深い表情は、まったく動かなかった。

「居所は、知らん。誰の庇護《ひご》下にあるか、知っているだけだ」

「誰の？」

「おまえには、関係ない」

「言ってくれますね。俺は関係が大ありなんですよ。それで、いけすかないこの街にまだいるんだ。山崎を見つけたら、俺はさっさとこの街から消えます」

「若いの」

爺さんの声で、私と若月が同時に顔をあげた。

「なにを、考えてる？」

「なにをって？」

爺さんの顔の皺は深く、眼はその皺に紛れてしまっていて、相変らずなにを見ているのかわからない。

「死ぬことを考えるには、二人とも若すぎるな」

爺さんは、私たちを見ているようだった。

若月が、軽く頭を下げた。私はなんと言っていいかわからず、ポケットの煙草を探った。

爺さんには、水村が葉巻の箱を差し出している。

「おまえの損失は、三百万どころじゃなかったようだな。およそ一億一千万。おまえが失ったものを総計すると、そんなところか」

調べさせたにしても、正確なものだった。簡単には調べられるようなものではなかったはずだ。

「山崎は、おまえに三百万、誰々に五百万というふうに、損失をかけた額をわしに報告した。信用してやれなかった。十年前のあの男なら、わしは信用しただろうが」

十年前の山崎がどんなふうだったか、私は知らなかった。

爺さんの視線が、若月の方に移ったのを、私ははっきりと感じた。顔は動いていないし、眼球も見えないが、それとわかる感じが痛いほどあった。

「息子たちは、巻きこむな。山崎は、おまえが助けろ」

「だけど俺は」

「忍の腰抜けには、なにもできんじゃろう。山崎を、死なせなけりゃいい」

「居所も知りません。会ったことも、ありません」

「そっちの若いのが、顔は知っとる」

「だけど、俺は殺すかもしれません」

私が言っても、爺さんの表情はまったく変らなかった。

「わしの言ったことは、わかったな」

「殺すかもしれませんよ、俺は」

「そう言うやつにかぎって、そんなことはせんもんだ」

葉巻の香りが漂ってきた。

「会長、私の方だけで、一方的に山崎を護れと言われるんですか？」

「忍、おまえには、なにも言っとらん」

「しかし」

「おまえは、やることがあるだろう。そっちの話を、きちっとつけろ」

もう終りだというように、爺さんが片手をあげた。

爺さんが立ちあがる前に、私たちは水村に促されて立ちあがり、スターンからテンダーに乗り移った。

船はすでに街からかなり離れ、私たちがテンダーに移ると、さらに沖へ進みはじめた。

テンダーはテンダーで、勝手に姫島に戻るのだろう。

「参ったな。俺は、あいつと話し合って、うまくいくとは思えん」

忍が呟《つぶや》いた。話し合えと爺さんに言われた相手が誰なのか、私には見当がつかなかった。

13　袋

ハーバーに戻ると、忍はひとりでどこかへ歩いていった。

「山崎を、俺とおまえで護れとさ」

肩を竦めて、若月が言った。

「俺には、おまえと組む気はない」

「俺もさ、ソルティ」

「見つけたら、会わせてもいい」

「その程度だろうな。俺も、見つけたら、すぐには殺さずに、おまえに会わせてもいい。それ以上、姫島の爺さんになにか言われる筋合いでもない」

私は、駐車場の方へ歩いていった。若月も肩を並べてくる。

「水村を使おうとしないのは、めずらしいな、爺さん」

「そうなのかな。俺には、使ったぜ」

「はじめの段階で、それも水村だけの判断だろう。爺さんには、事後に報告がいったはずだ」

「山崎ってのは、なんなんだ。俺が知ってるのは、刑務所から出てきた男ってだけだ」

「俺は、山崎有子の亭主ってことしか知らんよ」

私はポルシェのドアを開けた。

「今夜、八時に『てまり』だ。いいな、波崎」

ひとりで歩き回っても、私に新しいものが見つけられるとは思わなかった。

「しかし、忍さんに腰抜け呼ばわりだ。すごいこと言ってくれるよ、あの爺さん。忍さんも、よく黙って聞いてるもんだ」

「何者だ、爺さんは。久納一族の長老だって話だが、久納一族ってのはなんだ？」

「わからんね。俺にも、よくわかっちゃいない」

若月がパジェロに乗りこみ、走り去った。

私は、姫島の爺さんが言ったことを、しばらく考えていた。私まで、なぜ山崎を死なせるなと言われたのか、わからなかった。私がただそこにいたから、爺さんはそう言ったのかもしれない。

ポルシェを出した。サンチャゴ通りから日向見通りへ出、山崎有子の家の近くを走ってみたが、ベンツもＢＭＷも見当たらなかった。

私は二の辻の近くまで戻ってきて、イタリアンレストランでスパゲティを口に押しこんだ。通りにむかって窓が開いたレストランで、車や舗道の人の姿はよく見えた。

小野玲子が歩いている。ガラス越しに合図を送ったが、固い表情のままで気づかなかった。小野玲子は、路肩に駐《と》めたモスグリーンのシルビアに乗りこむと、二の辻を左折して、トンネルのある方へ走り去った。

家出少年を捜し続けている、母親というところだろうか。あの顔では、群秋生は仕事をすっぽかしたままに違いなかった。

レストランを出て、しばらく歩いた。

白いクラウンに、男女が乗っているのが見えた。車こそ替えているが、昨日の山崎有子の追突事故で、あとからやってきた八人の男たちを、車で分断した男女だった。あの時は、赤い軽乗用車だった。

私は、二の辻まで走って追い、左折した車がトンネルの方へ行くのを確かめた。

S市の方に、なにかあるのかもしれない、とふと思った。トンネルをひとつ抜けると、人口三十万ちょっとの、どこにもありそうな地方都市がある。野放図に拡《ひろ》がったという感じの街で、東京へ通じる鉄道や高速道路もある。

S市になにかあると思ったのは、男女二人がむかったからというだけでなく、藤建という会社も、調べたらS市にあったからだ。固い表情の小野玲子もむかった。

私は、ポルシェに乗りこむと、リスボン通りに出てトンネルにむかった。

S市を一時間ほど走り回ってみたが、なにか見つかるはずもなかった。かなりの都市である。藤建にも行ってみたが、中堅クラスの土建屋だった。

芳林会という暴力組織を捜した。

本部事務所は、古い商店街の端で、二階建の小さな建物だった。看板まで、古めかしいものがかかっている。中に商品が並べてあれば、周囲の商店となんの違和感もない。やくざ者らしい若い衆が出入りしているわけでもなく、スーツを着た男たちが三人ばかりいるだけだ。

盛り場のどこかにも、事務所を持っているのだろう、と私は思った。そちらの方が実質的には本部で、こちらは飾りのようなものなのかもしれない。

盛り場は、遠くなかった。デパートなども並んでいる。それから二キロばかり歩くと、酒場の並んでいる通りもあり、さらに裏側がホテル街になっていた。

どこにもありそうな、変哲もない風景だった。私が走りはじめたのは、ホテル街の路地を、ふらついて歩いている男を見つけたからだ。酔っている。粗末な身なりだが、群秋生に見えた。

私が追いつく前に、その男の姿はどこかに消えた。ホテル街の路地は入り組んでいて、おまけに曲がり角ばかりだ。その男が入ったかもしれないと思えるホテルの入口だけでも、いくつもあった。ホテルへは入らず、どこかを曲がって私の視界から消えたとも考えられる。

群秋生であるわけがない、と私は思い直した。土木作業員という身なりだったような気もする。

もう一度、ホテル街を歩いた。どこにいたのか、時々女が近づいて声をかけてくる。あてもなく歩いているわけだから、女を捜しているようにも見えただろう。

ホテル街を出て酒場の通りに入った時、水村が歩いてくるのが見えた。水村も気づいていて、真直《まっす》ぐに私にむかってくる。

「たまげたな。神出鬼没ってやつじゃないか。あの船は、S市とは反対の方向にむかっていたんじゃないのか？」

私が言っても、水村は皺ひとつ動かさなかった。

「言おうと思っていたが、その恰好はなんだ、波崎？」

「おかしいかね？」

「躰になにか巻きつけている。腰には、サーベルでもぶらさげているのか？」

「週刊誌を巻いてる。腰には日本刀。所持許可証の付いたやつだ。これぐらいのことは、やって当たり前という程度の目には遭わされたんでね」

「甘いな。そんなものが通用する相手じゃない」

「もっかのところ、連中は敵じゃない」

「言われれば、そうだな。しかし、なぜこの街を歩き回ってる？」

「人を捜してたら、ここへ出てしまった」

「なるほど。いまはトンネルのむこうは避けて、群先生を捜していた方が安全だな。考えるところは考えてるか」

さっきの背中は、やはり群秋生だったのかもしれない、と私は思った。

「俺が捜すより、おまえに任せた方がいいかもしれんな」

「なんで、あんたが？」

「会長が、心配されている」

「あの爺さん、なにからなにまで世話を焼くのかね」

「先生のことは、特別さ。それがわかるから、俺も捜してる。会長が捜せとおっしゃったわけじゃない。おまえに任せよう。できるだけ早く捜し出せ。あまり人に見られないように、家へ連れ帰るんだぞ」

「わかったよ。捜そう。しかし、あんたは船からこっちへ、どうやってきた」

「飛んできた」

水村がはじめて冗談を言ったのか、と私は思った。

「ヘリコプターというものがある」

冗談の言えるような男ではなかった。

「おまえが眼をつけている場所は、多分正解だと思う。俺の勘だがね」

「ならいいんだが」

「早いとこ、頼む」

それだけ言い、水村は踵を返した。頼むなどということも、口にしない男だろう。群秋生のことだから、そういう言葉が出てきたのか。そして、群秋生はもしかすると、山崎ともなにか関係があるのではないのか。

もう一度、私はホテル街の方へ引き返した。

今度こそ女を漁《あさ》っていると思われたらしく、次々に女が路地から出てきた。およそ二十人もいただろうか。夜になると、この女たちは増えるのか。それともそれぞれどこかのホテルに消えてしまうのか。

群秋生が、ここでなにをやっているのか、見当はつかなかった。それを訊かせない雰囲気が、水村にはあったのだ。

紺のＢＭＷを見かけたのは、夕方だった。盛り場の路肩に駐車している。誰も乗ってはいなかった。

そばに立って、私は覗きこんだ。

「乗りな」

背後から声をかけられた。

「おかしな真似は、するな」

二人。それはウインドグラスに映っている。しかし、どうしようもなかった。二人とも、スーツのポケットに右手を入れているのだ。

大人しく、私はＢＭＷの後部座席に乗りこんだ。

車が走りはじめる。

「どこへ？」

「余計なことは、喋るな。これからもだ」

頭に、すっぽりと袋を被《かぶ》せられた。躰が探られ、日本刀を取りあげられる。その間も、二人とも無言だった。

十分ほどで、車を降ろされた。空気や街の音の感じからいって、地下の駐車場だ。十歩ほど歩いただけで、エレベーターだった。

何階で降ろされたのかは、わからなかった。

デスクが二つだけある、事務所のような場所だった。窓にはブラインドが降ろされ、明りは天井ではなく、床に置かれたスタンドがひとつだけだった。さらに男が二人。

「波崎了《りよう》。なるほど、波崎さんか」

「どういう気だ？」

「余計なことは、喋るな。訊かれたことだけに答えろ」

男のひとりが、私のレインコートを脱がせながら言った。無駄な動きはしない男たちだった。

「山崎を捜しているのか？」

「そうだ」

「何度か、襲われたんだな」

躰に巻いた週刊誌を、指で弾《はじ》かれた。

「わかったことは？」

「不可解な力で、護られている」

「ほう」

「いくらあがいても、近づけないんだ」

「その力ってのは？」

「街の力。そうとしか思えない」

「ひとりだけでやってるのか？」

「そうだ」

息遣いが聞えるほど、男が顔を近づけてきた。ガムを嚙《か》む音が、はっきりと聞えた。

「俺たちにまとわりつくのは？」

「ＢＭＷを、たまたま見かけた」

「Ｓ市にゃ、別の用事で来たってことだな？」

「人を捜しに」

「山崎じゃない、別の人間か？」

「そうだが、誰だかは言いたくない」

「アル中の小説家。違うかね、波崎さん」

群秋生がアル中だとは、私には思えなかった。かなりの酒飲みだという感じはある。

「秘書の女の子が、飛び回って捜している。あんた、その女の子に頼まれたな」

私は黙っていた。群秋生の名前は、出すべきではないと思った。

「まあ、小説屋のことは、どうでもいい。あんたも山崎に損害を受けてる。その点じゃ、利害は同じってわけだ」

「俺は、あんたらを知らんよ」

「確かに、そうだろう。俺たちも、山崎を捜してるんだよ」

「俺と同時に、損害を受けた人間がいることはわかっていたが」

「それも、何倍もだ」

「それで?」

「あんたがなにをしようと勝手さ、波崎さん。しかし、俺たちにはまとわりつくな」

「車を覗いただけだ」

「今後は、それもやめて貰おう。俺たちに近づくな。山崎を捜すのは、勝手だがね」

「わかった」

男たちの二人は腰を降ろしていて、二人は私を挟みこむように立っている。ひとりだけが四十歳ぐらいで、あとは若かった。

「ひとつだけ、教えてやろう。藤建の背後には、芳林会という組織がいる。ちゃちな組織だが、ふくれあがろうといろんなところに触手をのばしている。そのひとつが藤建さ」

「わかった」

「あの街の芳林会は、分派みたいなものだ。以前分裂騒ぎがあってね。いまじゃ、S市の本流より力をつけてる」

「煙草、いいかね？」

男たちが、なぜ私にそれを教えようとしているのか、考えた。

「いいとも。そこの椅子に腰を降ろすといい」

言われた通りにし、私は煙草に火をつけた。ライターに照らされた掌《てのひら》が、赤く見えた。それほど部屋の中は暗い。

男たちがどういう類《たぐ》いの人間か、私は探ろうとしていた。やくざ者ではない。紳士的だが、やくざが持っている礼儀正しさとは、どこか違う気がする。

そして、やり方は激烈だった。はじめから、いやというほど自分の力を見せつける。

「ところで、山崎が見つかっていないというのはわかるが、どんな捜し方をしたんだね？」

「家族。まず女房。これは駄目だ。『ムーン・トラベル』という会社が、がっちりガードしていた。山崎進一をというより、山崎有子をだ。俺は、中学一年の下の息子を連れ出すことまでやってみたが、効果はないね。家族は無視されてる。山崎が無視してるというんじゃなく、山崎を護る力が無視しているね」

私は、姫島の爺さんが、息子たちを巻きこむなと言っていたことを思い出した。こう言っておけば、少しは息子たちから連中の眼をそらせられるという計算をしていた。

「それから？」

「品川ナンバーの、グリーンのシーマを捜した」

「なるほど、山崎の車か。しかし、見つからなかっただろう」

「ああ。その過程で、おかしなベンツとBMWは見つけたがね」

「シーマは処分してるよ。いまどんな車《ハコ》を使ってるのか、わからんね」

車をハコと言うのは、耳馴《みみな》れない言い方だった。

「とにかく、俺がうるさかったらしい。自分じゃ、それほどしつこいとも思っちゃいないんだが」

「わかった。時間をとらせて悪かったたな」

持物が返された。

「刃物は、持ち歩かない方がいい、という気がするが」

「余計なお世話だね。こいつは、一度は俺を救ってくれたんだから」

「勝手にするさ」

中年の男が言うのと同時に、また頭から袋を被せられた。

14　裏街

八時十分過ぎに、『てまり』へ到着した。

「いろいろあってね」

カウンターに腰を降ろし、私は若月に言った。

「手詰まりだな、完璧《かんぺき》に。うちの山崎は、亭主の居所を知らんよ。夜中に、電話が二度あったらしい。本心も、よくわからん。亭主を助けたがっているのか、別れたがっているのか」

「籍は、抜けていない」

「亭主の方が、抜かなかった可能性もある」

「そうだな」

註文《ちゆうもん》する前に、バーボンソーダがカウンターに置かれた。ものういシャンソンがかかっている。

「俺は、ある程度山崎を知ってる」

「どういう意味だ、波崎？」

「逃げ隠れするタイプとは思えないんだ。自分の意志で、逃げ隠れしているのではない、

「誰かが、どうしても隠そうとしているということか？」

「この街、おかしなところがあるぜ、姫島の爺さんといいな。久納一族ってのは、なんなんだ？」

「俺も、よくわからん。ホテル・カルタヘーナと神前亭。この街のホテルは、全部この二つの系列と言ってもいい。仕入れとかそういうものまでだ」

「対立しているのか？」

「仲はいい。しかし、系列がある。深いところで対立があるという気はするが、よくわからないな」

「まったく、おかしな街だ」

「俺も、よくそう思うよ」

若月は、ウイスキーをストレートで飲んでいた。客は、ボックスの方に二組いる。

「山崎を捜している連中について、警察は調べてるのか、ソルティ」

「当たり前だろう、殺人事件だ」

あまり当てにしているような口調ではなかった。警察の捜査すら、左右するような力を久納一族は持っているのか。

「よそ者が、この街で撃ち合った。そう見ているだろう。藤建ってのはS市の土建屋だし、それを襲う理由がこの街の人間にはないからな」

「わかったよ。見えない壁にぶつかって、前へ行けない状態だってことだな」

「諦《あきら》めるか？」

「はじめから、同じ状態だよ。見えない壁にぶつかって、俺は一歩も進んでない」

「俺は俺で、捜してる。おまえ、しばらく宿にいろよ」

「どういうことだ？」

「いまにわかる。わかるって気がする」

神前亭に、なにかがあるということなのか。そして、ホテル・カルタヘーナに事務所を持っている若月には、探りにくいものがあるということなのか。

「はっきり言え、ソルティ」

「わかっていれば、言う」

「おまえが俺のところへ訪ねてくるのは、勝手だ。客で、しばらく一緒に部屋にいるかね」

「おまえ、泊る時、忍さんの名前を出したんだってな」

「それだけで、俺も警戒されているか」

「わからんよ。それも」

若月が、シャンソンを口ずさみはじめた。私は、バーボンソーダを呷《あお》った。まったく、いけすかない街だ。

ドアが開き、小野玲子が入ってきた。

疲れきったような表情で、店内を見回す。若月が、そばへ来いという仕草をした。ちょっと迷った素ぶりをし、それから小野玲子は入ってくると、スツールに腰を降ろした。

「俺が捜せりゃいいんだがね、小野さん野中に捜させちゃいるが」

「わかってます。別のことで忙しいんですね。」

「皮肉を言うなよ。本気で心配しちゃいる。俺が捜すのが適任だということも、よくわかってるつもりだ」

「躰が、保《も》ちませんよ」

「先生は、日頃《ひごろ》鍛えてる」

「内臓まで、鍛えられません。ひどい状態になる前に、見つけ出したいんです」

宇津木は、小野玲子の前に水を置いただけだった。

「俺が、捜す」

「えっ」

私が言うと、小野玲子が声を出した。若月も眼をむけてくる。

「見つけたら、どう扱えばいいかだけ、教えてくれ」

若月と小野玲子が、顔を見合わせた。

「ほかからも、頼まれている。できるだけ早く見つけ出して、目立たないように家へ連れ戻せとな。おまえと仲の悪い男さ」

「水村か。姫島の爺さんは、相変らず地獄耳だ」

「お願いします。担いでいただかなくちゃならないかもしれませんが」

「なにもやることがなかった。動き回るのにいい理由ができたよ」

「おい、群秋生はどこだ、と叫びながら捜して貰っちゃ困るぜ」

「わかってる。山崎を捜してる連中が、小野さんの動きに不審を持ったようなんだ。S市を動き回ってたら、俺まで先生を捜していると誤解されたよ」

「あの連中が？」

「目立たないようにと言いながら、小野さんはきのうから目立ちすぎてる」

　若月が苦笑した。

「わかったよ。任せる。心当たりは？」

「いくつか、ある」

　小野玲子が、もう一度頭を下げた。

　私は、二杯目のバーボンソーダを、宇津木に催促した。宇津木は、なにも聞かなかったような表情をしている。

　小野玲子が出ていってしばらくして、須田が入ってきた。

「なにをやってる、ソルティ？」

「なにって、この街じゃ人も殺されてるし、俺がなにが起きてるか知りたいぐらいですよ。マスター、なにか知りませんか？」

「やくざ同士の、撃ち合いだ。首を突っこんで痛い目を見るなよ」

「藤建は、やくざでしたか。それに、この街の芳林会は、亀《かめ》みたいに首をひっこめちまってます」

「もういい。とにかく、俺はあまり愉快じゃない。どうも、忍さんの動きまでおかしくなってるしな。いざって時に、俺をカヤの外に置くなよ」

須田はそれだけ言うと、暗い眼で私を見つめてきた。

「会ったことは？」

「この間、この店で」

「その前にさ。東京でとか」

「ありませんね。少なくとも、俺は憶《おぼ》えてません」

須田が煙草に火をつけ、また私を見つめてきた。不躾《ぶしつけ》な視線で、私は横をむいた。

「俺は、東京にいたことがある」

「だからって、会ったとは言えんでしょう」

「どこかで会ってたって気がする。この間も、そう思った」

「言いがかりですか？」

「まあ、待てよ、波崎」

若月が止めに入った。私には、やはり須田の記憶はなかった。

「山崎と、一緒じゃなかったか。山崎進一」

須田が言う。若月も、須田の方に顔をむけた。

「俺は、東京のホテルで山崎と会った。もう二年も前になるかな。その時、山崎は若い男と一緒だった。君ぐらいのな」

「ははあ」

「思い出したか？」

「いや。でも、そんなことはあり得ることです。山崎と俺が一緒に、ホテルのティラウンジで打合わせたりはよくしました。特に二年ぐらい前は」

「じゃ、会ってるな」

「としても、大した意味はない」

「まあな。俺は、ソルティがなんで俺に内緒で動き回っているか、見当がついてきたがね。山崎は、俺の同級生でね。ガキのころからよく知ってる。あいつが、刑務所へ行った理由もな。その山崎が、最後に戻ってくるとしたら、この街ということになる」

「それじゃ、山崎から連絡が？」

「いや、普通だったら、俺に連絡してくる。非常事態だと別だな」

「なぜ？」

「友だちだからさ」

「友だちを、大事にする男じゃありませんよ。俺がこのいけすかない街にいるのも、裏切られたかもしれないと思ってるからでね」

「もしそうなら、ほんとの友だちじゃなかった。それだけのことだ」

須田は、ウイスキーのグラスを持ったまま、なにか考えはじめた。

「須田さん、余計なことを考えちゃいけませんよ」

「黙ってろ、ソルティ」

「姫島の爺さんは、理由があって須田さんになにも知らせなかったんだ。なにかやる気なら、まず爺さんに会ってください」

「爺さんが、なんだってんだ」

須田が、ウイスキーを呷った。

「山崎は、ガキのころからの友達《ダチ》だぞ」

私は、バーボンソーダの泡を見つめた。時々、氷も動いている。

「わかりましたよ」

若月がぽつりと言った。

「なにかやる時は、俺に知らせてください」

それきり、若月も須田もなにも喋らなかった。宇津木が怯《おび》えた表情で立っているだけだ。

私はバーボンソーダを飲み干し、煙草を一本喫《す》って腰をあげた。

「またな」

言うと、若月がかすかに頷いた。

私は外に出、リスボン通りまで歩いて車に乗り、S市にむかった。

S市では、有料駐車場に車を入れ、盛り場まで歩いた。

やはり、群秋生らしい人影を見かけたホテル街が中心になる。

街娼《がいしょう》の数は、昼間とさほど変らなかった。ポン引の姿は増えている。二度歩いたが、効果的な方法は見つからなかった。

「行こうか」

近づいてきた娼婦に、私は声をかけた。前金だからね、と女が言う。それほど若くもなく、歳《とし》をとってもいなかった。値段を訊き、私は頷いた。

ホテルへ入ると、私は女を一度抱き、もう一回分の料金を払うと、喋りはじめた。この種の女には、客と喋ることを嫌うタイプもいるはずだが、幸いお喋りというほどではなくても、こちらの話を聞こうという姿勢は持っていて、言葉も少なくなかった。

「その人、あんたのなにによ」

私は群秋生のことを明確に女に伝えることはできず、曖昧《あいまい》な表現を続けていた。

「友だちさ」

「四十三でしょう。四十代後半に見えると言ってたけど」

「俺とは十離れているが、友だちという言葉でしか言えないね」

「わかったわよ。友だちだから捜してるわけね」

「家族も、心配してる」

「このあたりは、芳林会の縄張《シマ》ってことになってて、かすりを取るやつらはいるんだけど、そんなのにも訊きたくないんだね」

「やくざだろう。ごめんだね。関《かか》り合《わ》いになりたかない。そのかわり、おまえの情報で見つけられたら、礼はするよ」

情報が正確だったら五万。駄目でも二万ということで、女は納得した。私は女を帰し、しばらくひとりでいると、躰に週刊誌を巻きつけてホテルを出た。

似たような場所を、捜して歩く。街娼がいるのはホテル街だけで、あとは店になっていた。五千円札を握らせながら、聞き出していく。それらしい情報もあったが、行ってみるとまるで嘘《うそ》を聞かされているのだった。

午前三時を回ったころ、私は疲れ果てて神前亭に戻った。

眠そうな顔で、メイドが立っていた。

「二十四時間勤務ってことはないよな、まさか？」

「お客様がお戻りの時は、御用をうかがうことになっております」

「常識的な時間に戻ってきたらの話だろう。俺が呼ばないかぎり、君に用はない」

女が、頭を下げる。ラブホテルでシャワーも使ってきたので、風呂《ふろ》にも入りたくなかった。

15　夢

午後二時に、昨夜の娼婦と会った。

「あんたの言ってた男なんて、いないね」

「捜したわけじゃないだろう？」

「三、四人には訊いてみたよ」

群秋生がなにをしているのか、私は説明できなかった。多分、酒も女もという感じの、無茶な取材をしているのだろう。それ以外に、私には考えられなかった。

「ただ女を買うってだけじゃない、変ったやつだが。まあいい。夕方にもう一度来る」

私は、女に五千円を握らせた。

「夕方なら、ホテルへ行ってくれるよね」

「当たり前だろう。夕方六時から、しばらく俺が買いきりにする」

「ならいいよ」

「もうひとり、連れてこいよ。古いやつをさ。三人でやろうって趣味はない。だから、あまり客のつかない婆《ばあ》さんでも、ほかの仲間の仕事のことをよく知ってればいい。その女にも、ちゃんと払う」

女が頷いた。

私は、夕方まで別のことをする気になっていた。

まず、藤建の動きを探る。それから芳林会の動き。本部から出かけた人間を尾行《つけ》て、別の事務所らしいところはすぐに見つかった。

緊張感に満ちてはいたが、どこかへ出撃しようという緊張感ではないような気がした。小動物が怯えて、自分の巣で小さくなっているという感じだ。

四人殺された。やはり大事件なのだ。

警官隊の姿があった。検問中という表示板も出ている。通行人ではなく、車が対象のようだが、停止させられている車は見当たらなかった。それでも、私は近づかなかった。躰に週刊誌を巻き、日本刀も持っているのだ。

ほかに、動きらしい動きはなかった。当たり前の地方都市があるだけだ。

小さな公園があった。大きな欅《けやき》が二本と、銀杏《いちょう》が数本あり、ブランコや砂場もあった。

子供連れの母親の姿が、何組か見える。

私はベンチに腰を降ろした。

東京を出発してからはじめて、むなしさに似た気持に襲われた。むなしいというより、すべてが面倒だという思いに近いかもしれない。

三十数年間の人生で、そういう思いを経験したことはなかった、という気がする。その扱いに、私は多少戸惑いを覚えた。どうにでもできそうで、ほんとうは完全に消してしまうことができない気持かもしれない、と考えてしまうのだ。

ベンチから腰をあげ、街を歩き回るだけでも、かなり気持は変ってくるはずだと思った。思いながら、私は立ちあがることができないのだった。

結局、五時過ぎまで私はそこでぼんやりとしていた。

腰をあげ、ホテル街へ歩き着いた時は、すでに暗くなりかけていた。

「ほんとに、あたしの分も払ってくれんのかい」

女が、もうひとりの女を連れていた。老婆と言ってもよかった。暗がりの中で、唇の色が毒々しい。

「それも、前金でな」

私は、先に立ってホテルに入っていった。

冷蔵庫のビールを出した。

明るい光の中で見ると、女の年齢は五十なのか六十なのか、よくわからなくなった。化粧が濃く、黙っていると五十ぐらいと思えるが、喋ると口もとに深い亀裂《きれつ》が入った。

「酒盛りだ。冷蔵庫のもの、全部飲んじまおうじゃないか」

老婆の方は喜び、もうひとりはできるなら商売に出たいという顔をしていた。

「俺に話すことは？」

「ないね、別に」

「じゃあ、行っていいぜ。俺はしばらく、この人と飲んでる」

言ったが、若い方もすぐに出ていくのは悪いと思ったらしい。三十分ほど一緒に飲んでから出ていった。

私は、日本刀と週刊誌と紐《ひも》を、レインコートでうまく包みこんで隠していた。老婆は、それを見たがった。レインコートだけではないと思ったようだ。そのころから、私には女が老婆にしか見えなくなっていた。

「いい加減にしろよ、婆さん」

「あんたみたいなのがいたんだよ、昔。コートに刃物を包んであたしを抱いて、死にに行ったやつがね」

「若いころの話だろうが」

「二十一だった」

「ひと晩きりの客かい」

「馬鹿。そのころは淫売《いんばい》なんかやっちゃいねえよ。これでも、何人もの男に追いかけられてたんだ」

ビールを全部空け、ウイスキーのハーフボトルを出した。老婆は、ストレートで飲みはじめ、三十分も経たないうちにボトルは空いた。二本目は十五分で、それで冷蔵庫のアルコールはなくなった。

「そういえば、えりがウイスキーを買いに出てきてたな。あたしも買ってきてやろうか」

「なにが、買ってきてやろうかだ。てめえで飲むくせに、調子のいい婆さんだぜ」

「アル中なんだよ、あたし。ベースの黒人相手に躰を売ってる間に、そうなっちまったの。えりも同じようなことをしてたらしくてね」

老婆は、帳場に電話をして、日本酒を註文した。私は、テレビをかけた。なにか事件が起きていれば、ニュースでやるだろう。

驚いたことに、運ばれてきたのは日本酒の一升壜《いっしょうびん》だった。

「なんのつもりだ、おい」

「あんた、ウイスキーの方がいいなら、頼みなよ」

「おまえが払ってくれるのか？」

「冗談言うんじゃないよ。それより、えりは出てこないな。死んじまってんじゃないだろうね」

「俺みたいに、気前よく飲ませてくれる客が、ほかにいるかよ」

「酔っ払って、死にたがってるおっさんぐらいだね」

「おっさんって？」

「五十過ぎでさ。自分より歳上じゃなきゃいけないみたいよ。そんなのがいるから、あたしらも商売張ってられる」

私はテレビを消した。

なにか気になったが、勧められるままに日本酒を飲んだ。酔いは、それほど回ってこない。一升が空いた。老婆が、また電話に手をのばそうとした。私は、老婆の手を押さえた。

「なによ。えりの客は、もっと気前がいいよ」

「酔っ払って死にたがってるおっさん、と言ってたな」

「酔っ払いたがろうが、死にたがろうが、気前はいい」

「えりってのは、その客とずっと一緒か」

「うるさいね。手をどけな」

「そのホテルへ、連れていけ。えりって婆さんも、一緒に飲もう」

「えりは、えりの客と飲んでんのさ。もう腰も立たなくなってるよ」

いやな予感がした。なんとなく気になっていることが、はっきりと予感になっている。

私は一万円札を五枚、老婆の眼前に突き出した。

「これだけありゃ、結構飲めるだろう。五万だぞ、わかるか、婆さん。俺をえりのところへ連れていってくれたら、これをやる」

「いま、飲みたいんだよ。あたしゃ」

「眼を醒《さ》ませ、婆《ばば》あ」

私が言うと、老婆が腕にしがみついてきた。私は老婆を突き飛ばし、レインコートの中の日本刀を抜き放った。

「別に、おまえを斬《き》ろうってんじゃない。えりって婆さんを斬ろうって気もない。俺をえりのところへ連れていけ。そうしたら、金までやろうと言ってるんだ」

老婆は、眼を丸くしたまま刀に見入っていた。

「腰が抜けたなら、ホテルの名前だけでも俺に教えろ」

「部屋だよ。自分の部屋。えりは、おっさんを部屋に連れこんだ。だから、酒を買いに出てきたんじゃねえか」

「わかった。連れていけるか。五万だぞ」

「ふん、あたしが酔っ払ってると思ってやがるのか」

老婆が立ちあがろうとして、よろめいた。それでも、片手で支えてやると立った。私はレインコートを着こみ、週刊誌をポケットに突っこんだ。刀も鞘《さや》に収める。

「待てよ、勘定してからだ」

「その五万、あたしに寄越《よこ》しな」

勘定は、出口で済んだ。

ホテルを出ると、老婆の腰はしゃんとなった。五万のことを、盛んに気にしている。二万だけ、先に渡した。それでも、どこか躊躇《ちゅうちょ》している。

「えりに、なんかしないだろうね？」

「会ったこともないのにか？」

「えりの部屋を教えるから、そこでお金を頂戴《ちょうだい》」

「駄目だ。騙されてもどうにもできん」

「五十過ぎの、アル中のおっさんだよ。それがあんたが捜してる友だちじゃないだろう？」

「いいから、案内しろ。いやなら、その二万も返して貰うぞ」

老婆が、しぶしぶという感じで歩きはじめた。

路地に面した、木造の古いアパートだった。その種の女たちだけが住んでいるというわけではないらしく、子供の声も聞えた。すでに十一時を回っている。

二階の、端の部屋だった。

老婆が、ノックする。しばらくして、似たような老婆が顔を出した。

「こいつが、あんたの客に会いたがってんだよ。五万払うっていうからさ。見せるだけ見せてやんなよ」

　見るまでもなかった。ひと間しかない部屋の壁に寄りかかった、群秋生の姿が見えた。下半身だけ、裸だった。私は、ポケットから金を摑《つか》み出して、二人の女に渡した。

「俺の友だちだ。連れて帰る」

「へえっ、あいつが？」

「いいな、連れて帰る」

　私は部屋に入っていった。

　ドアが閉まり、えりという老婆だけが立っていた。ウイスキーの空壜が、七、八本散乱している。群秋生は、軽い鼾《いびき》をかいていた。

「二人で、飲んだのかい？」

「ほとんど、この人よ。あたしは二本ぐらいだね。はじめは、泣きながら飲んでた。それから、あたしを抱いた。なぜかかわいそうになって、ウイスキーを買ってきてやったよ。お金は、いっぱいくれたし」

　えりは、着物の前をはだけさせていた。寝巻代りの浴衣かもしれない。風呂はなく、トイレだけついている部屋らしい。アルコールと吐瀉物《としゃぶつ》の臭気が漂っていた。

「その人に、ひどいことはしないでよ。頼むから、ぶったりしないでよ」

「するもんか」

部屋には蒲団《ふとん》が敷かれていたが、吐瀉物を拭《ふ》いたらしく、シーツは丸めて隅に放《ほう》り出してあった。

「横にすると、危いよ。吐いたものがのどにつまるから。もっとも、吐くものはなにも残っちゃいないけど」

ポケットを探り、私はえりにもう一度金を渡そうとした。えりは、首を横に振った。握らせると、拒絶はしなかった。

「服を着せる。手伝ってくれないか」

「ほんとに、ひどいことはしないのね。無理に、病院に入れたりもしないのね」

不意に涙がこみあげそうになった自分に、私はひどく驚いていた。えりが、群秋生に下着を着せた。私がズボンを穿《は》かせようとすると、群秋生は低い声をあげた。

「友だちなんだ、俺の」

「車を持ってくる。それまでに、きちんと服を着せておいてくれないか」

言って、私は部屋を飛び出した。

車まで走り着いた時、苦しくなって一度吐いた。

部屋に戻った時、群秋生はきちんと服を着せられていた。薄汚れ、綻《ほころ》びたジャンパーだったが、アルマーニだ。泥で汚れた靴は、フェラガモだった。そういうブランドだけ知っている自分が、妙に悲しかった。

私は、群秋生の躰をそっと抱きあげた。頰《ほお》がこけ、不精髭《ぶしょうひげ》には白いものが多く混じっていた。思ったより、ずっと軽い躰だ。

「やさしく運んでね、兄さん。お願いだから。こんな男、はじめてよ。あたしを、一度も馬鹿にしなかった。お酒をねだる時だけ、悲しそうな顔をするの。喋れる時は、その度に悪いなって言ってたわ」

車のところまで、えりは付いてきた。

「この人が、あたしを抱いたんじゃないのよ。わけがわからなくなるぐらい酔わせて、あたしが無理に抱かれたの。浅ましく跨《また》がってる間も、この人は眠ってた。きっと、若い女を抱いてる夢を見てたんだ」

「ありがとうよ」

言って、私は助手席に群秋生を乗せた。

16　あの男

胸が張り裂けるような唄声《うたごえ》だった。

私はカウンターに腰を降ろし、煙草《たばこ》に火をつけた。宇津木が、水を出してくる。もう午前二時を回っていて、女の子たちもいなかった。

「かなり、ひどいのか？」

若月が、前を見たまま言った。

「眠ってる。このまま十時間ばかり眠り続けて、それから苦しむらしい。それはひどいものらしいが」

私は、ひと息で水を飲んだ。

「三カ月か四カ月に一回、あれをやる」

「死ぬぞ、そのうち。今度は、たちの悪い女じゃなかった。やさしくてね。酒こそ飲ませていたが、甲斐甲斐《かいがい》しく面倒も看ていた」

相手の女が老婆で、その女と関係もしたらしいということを、私は言わなかった。小野玲子にも、女の部屋で見つけたと言っただけだ。

「たちの悪い女にぶつかることは、ないような気がする。前も、その前もそうだった。なんとなく、先生は女のやさしいところを引き出すんじゃないか、と俺は思ってる。若くて、金だけ欲しがってるような女が相手じゃないからな。人の悲しみがわかる女を、先生も無意識に選んじまうんだ」

「かもしれんと思うよ、ソルティ」

「しかし苦しむよ。俺は見ていられないんで、逃げ出す。小野さんと山瀬夫妻が付き合うことになるんだがね」

どういうタイプのアルコール中毒か、私にはわからなかった。ふだんは、アルコールが切れている時間がかなりあるはずだ。飲むのは夜だけで、仕事を抱えている時は、途中でやめて醒《さ》ますこともできるという話だった。

アルコール中毒というより、自殺に近いのかもしれない。女の部屋に転がっていた空壜《あきびん》を眺めると、そうも思えてくる。

「だけどなあ、ソルティ」

「なにが不満であんなことを、と言うんだろう？」

「俺たち俗物にゃわからんか」

私は、低く流れている唄声に耳を傾けた。女の歌手だ。低く、高く、うねるようで、その声がまたやけに心に食いこんでくる。

「ファドだ」

若月が言った。

バーボンソーダを、私は宇津木に頼んだ。私の酒は、ただちょっと酔うためだけの酒だ。群秋生の酒ほど、複雑ではない。

「おまえがS市に行ってる間に、こっちにも変化が起きてね」

私は、バーボンソーダのグラスを傾け、若月の方に顔をむけた。

「須田さんが、消えた」

「消えたってのは、どういうことだ。自分の意志で、消えたのか。それとも、誰かに連れていかれたのか？」

「須田さんが消えるのは、いつだって自分の意志さ。いつだってそうだ」

「それじゃ、大して危険じゃない」

「だから、危険なんだよ、波崎。あの人がなにかはじめたら、半端じゃない。俺が見てても、怖くなるね」

若月がストレートを呷《あお》った。

暗い眼《め》をしているということ以外に、須田の印象はあまりなかった。幼いころからの友だちなら、山崎のためになにかやろうとしているということなのか。

「その気になってあの人がどこかへ潜ったら、見つけられんな」

「四十五だろう、もう」

山崎と同年なら、そうなるはずだ。

「怖いおじさんさ。死ぬことを屁《へ》とも思っちゃいない。群秋生も、ある意味じゃそうだね。死ぬことより大事なことがあるんだ。群秋生の場合より、須田さんはわかりやすい。単純と言ってもいい。あくまで、その行動だけを見ればだが」

「なにが起きる？」

「わからんよ、朝になるまで。俺も宇津木も、ただ怯《おび》えて待ってるだけさ」

「捜したらどうだ。怯えるぐらいなら、駄目でも捜したらどうなんだ。怯えているよりはいい、と俺は思う」

若月も宇津木も、返事はしなかった。

さらに二杯バーボンソーダを飲んで、私は神前亭に帰った。

メイドルームから女が出てきて、私の前に立った。ほとんど、ロボットでも見ているような気分に、私はなった。風呂《ふろ》だけを頼み、寝ていいと言った。

湯に浸り、これまでのことを考えてみる。

一歩も進んでいない、という思いだけがこみあげてきた。周囲の状況は、少しずつ変化してはいる。その変化からも、私は取り残されているような気がした。

山崎を見つけ出そうという連中が、私以外にもいる。山崎を護《まも》ろうとする力もある。そのぶつかり合いは、すでに起きている。

汗が噴き出してきても、私は熱くした湯に躰《からだ》を浸し続けていた。それからバスタオルを巻いて寝室に行き、冷蔵庫のビールを一本飲んだ。そうしている間に、眠くなった。

翌朝は、霧雨だった。

私は朝食をとり、髭《ひげ》を当たり、スーツを着てネクタイを締めると、神前亭を出た。

もう、躰に週刊誌は巻いていなかった。日本刀も、ポルシェの後部の荷物置きにコートに包んで置いた。

群秋生はどうしているだろうか、としばらく考えた。車をむけたのは群秋生の家の方ではなく、S市の方だ。

トンネルを抜けてしばらく走ると、パトカーの姿が眼についた。

街の入口のところで、私は有料駐車場に車を入れ、公衆電話でタクシーを呼んだ。

思った通り、かなり厳しい検問をやっていた。

「なにがあった？」

「人が、ひとり殺されたって話です。東京の人間みたいですけどね。それ以上のことは、よくわかりません」

運転手は、ちらりと私の方をふり返った。

「お客さんも、東京の人かな。別に、検問で停《と》められたって問題はないですよね。朝から営業車も停めてんですよ」

「避ける道でもあるのかね？」

「ありません。いきなり検問を突破しろと言われたって、あたしら困りますから。生活がかかってます」

「そうだよな」

前方に、検問が見えた。赤い棒が振られる。私は窓を降ろした。

「駅まで、人を迎えに」

警官にそう言った。泊っている場所も、職業も言った。ただし、私の以前の職業だ。

怪しい人間とは見られなかったようだ。

S市の中心部まで行くと、私はタクシーを降りて歩きはじめた。

芳林会の、本部以外の事務所。わかっているところが一カ所ある。

遠くから、そこを張った。

事務所の近辺に警官隊の姿はないが、私服の刑事がいる可能性はある。

路地、公衆電話ボックス、バス停、ハンバーガー屋と、私は場所を変えた。三時間ほど張った時、男がひとり建物から出てくるのが見えた。

尾行《つけ》た。男は二十七、八で、ジャンパーにサングラスという恰好《かっこう》だった。やくざ者の匂《にお》いはある。それも、下っ端ではない。

男は寿司《すし》屋へ入ると、一時間ほどして二人で出てきた。寿司屋が待合わせの場所だったらしい。用事は済んだのか、もうひとりは車に乗りこみ、男はそのまま歩きはじめた。

三階建のマンション。エレベーターはなく、男は階段を昇っていった。私は男が二階まで昇ってから、靴音をたてずに駈《か》けあがった。

三階の一室で、ドアにキーを差そうとしている男の姿を確かめ、私は男の背後に立った。キーでドアを開けようとしているから、中に人がいる可能性は少ないと考えたのだ。

ふりむき、男はいきなり私の股間《こかん》を蹴《け》りつけてきた。私も、男の顎《あご》を一発突きあげた。

乗馬用の股間のプロテクター。はずしていなかった。男の蹴りは下腹に痺《しび》れを拡《ひろ》がらせたが、大して効きはしなかった。

キーを回し、ドアを開け、膝《ひざ》を折りかかった男を蹴りこんだ。尻餅《しりもち》をついた男の顎を、もう一度蹴りあげる。

部屋には誰もいなかった。ひとり暮しだということが、見ればわかった。

「うちが、やったんじゃねえ」

男は、冷や汗を額に浮かべていた。

私はもう一度顎を蹴りあげ、ベッドカバーを裂くと、両手と両足をきっちりと縛りあげた。

うちがやったんじゃねえ、という男の言葉の意味を考えた。要するに、ひとり殺されたという事件で、男が言う、うちが疑われる可能性があることを、意味しているのだろう。

連中がやってきて、芳林会の息のかかった藤建のワゴン車を襲い、四人殺した。報復と疑われる恰好で、連中のひとりが殺された。そういうことに違いない。

私は、上がり框《がまち》にあった雑巾《ぞうきん》を、男の口に押しこんだ。

男は、吉永哲夫《よしながてつお》といった。二十八で、クラブ支配人とか不動産会社の取締役とか、四種類ほどの名刺を持っていた。男のポケットから出したもので、それはわかった。

吉永は、じっと私を見あげている。躰はしっかりと動かせないらしく、二、三度紐《ひも》を解こうとしただけだ。

部屋を見回した。ひと間とダイニングキッチンで、家具はそれほど多くない。寝室になっている部屋のキャビネットの抽出《ひきだ》しを、床にぶちまけた。それから洋服簞笥《だんす》と開けていく。

ベッドのマットに、一カ所おかしなところがあった。手を入れ、指先に触れたビニールを引き出した。重量感のあるものだった。

三八口径の、リボルバーである。弾も、五十発入りがひと箱あった。

ビニール袋から出して、私はそれを手に持ってみた。新品同様の代物だった。

「ルシアンルーレットなんていう、無粋な真似《まね》はやめておこうな」

私は拳銃《けんじゅう》と弾の箱を、ポケットに押しこんだ。吉永が私を見つめ続けている。いくらか躰は動くようになったようだ。腰の後ろで縛りあげた手を、さかんに動かしている。私は、ぶちまけたものの中に細紐を見つけ、もう一度きつく縛り直した。手首から先が、すぐに変色してくる。

それからの数時間は、気持のいいものではなかった。

芳林会の仕事《しのぎ》について、私はかなり細かいところまで訊《き》き出した。そうするためには、吉永をほとんど死人のようにするしかなかった。死人であることと、死人のようになることとは、まるで違う。

私は吉永の躰にはほとんど傷をつけず、後頭部だけを手刀で軽く打ち続けたのだ。人の躰の痛めつけ方を喋《しゃべ》っているやくざに、二人ばかりお目にかかったことがある。爪《つめ》を剝《は》がしていくとか、ペンチで歯を抜いてしまうとか、荒っぽいものが多かった。

それほど固くないもので後頭部を軽く打つというのは、山崎が話したのだった。ほんとうなのかどうかわからないまま、私はそれを思い出し、はじめていた。

吉永は、十分で表情を変えはじめた。さらに打ち続けると、十五分目には、全身をひどい汗で濡《ぬ》らした。それからは、打つたびに吉永が毀《こわ》れていくのがはっきりわかった。躰ではなく、心の方が毀れていくという感じだった。

口から雑巾を引き出すと、いきなり喋りはじめたのだ。それでも、私は打ち続けた。一時間打ち続け、それから訊きたいことを訊きはじめた。訊かれることに答えている吉永は、ほとんど人間というようには見えず、記憶を喋る肉の塊のような感じだった。

山崎が、どうしてこんな方法を知っていたのかわからない。ただこの方法でも、山崎の居所を知ることはできなかった。吉永が、知らなかったのだ。

山崎をガードしろという依頼はなく、山崎有子のまわりをうろつき回る人間を排除してくれ、という頼まれ方を、藤建の社長がされたようだ。撃たれた八人の中に、芳林会の正式の構成員が三人入っていた。その程度でいいと、芳林会の幹部は藤建から相談されて判断したのだろう。

外は、すでに暗くなっていた。

私は、吉永の手と足の紐を解いた。肉体的には、どこにもダメージを受けていないはずだが、吉永はうつむいてぼんやりしていた。心を毀した。吉永を見ていて、それがよくわかった。

肉体の傷ほど、回復は早くないかもしれない、と私は思った。回復するまでは、私に復《ふく》讐《しゅう》しようなどとは考えないだろう。

私は、外へ出た。

芳林会の本部と盛り場の事務所を遠くから窺《うかが》ったが、昼間と変りはなかった。警戒はし続けているようだが、組員のひとりがどうにかなった、とは思っていない。

タクシーに乗った。盛り場でなら、流しもつかまえることができるらしい。

吉永が喋った場所は、十分ほど走ったところだった。商店が少なく、家やマンションが多い地域だ。

マンションも、すぐに見つかった。

どうするべきか、しばらく考えた。六階建の最上階に、藤建の社長の情婦がいる。本妻がいるところには、ほとんど帰らない生活を送っているようだ。

まず公衆電話を捜し、藤建に電話を入れた。ほんとうか嘘《うそ》かはわからないが、社長は不在だという答えだった。

午後八時。部屋に帰っているかどうか、微妙なところだ。チャイムを押して、社員の真似をしてみるという手もある。しかしそれで女に怪しまれると、面倒だった。

藤建の社長が現われるか、あるいは部屋にいるか、確かめられるまでじっと待とうと思った。警戒する状態は続いているだろうから、不自然と思われることはすべてやめた方がよさそうだ。

一時間近く待ったころ、車が二台やってきた。二台は少し離れていて、明らかに尾行や待伏せを警戒しているようだった。

藤建の社長は、後ろの車に乗っていた。

五人が、見送っている。ふり返りもせず、社長はマンションの玄関に入っていった。オートロックになっていて、中に入ったのは社長だけだ。二台のうち一台は走り去ったが、もう一台は路肩に移動して停まった。

見張りがいるというのは、かなり厄介なことだった。この様子だと、交代でひと晩じゅう見張らせているに違いない。

どうすればいいかと考える前に、私は六階に顔をむけて、異様なものを見た。屋上から、ロープで誰かが降りてきている。

思わず、近づいた。見憶《みおぼ》えがあるような気がした。暗くてよくわからないが、通路に飛び降りる瞬間に、そこの明りではっきりと顔が見えた。あの男だった。

17　闇のけもの

須田がどこかへ消えた、というのは昨夜、若月から聞かされていた。

山崎を捜しに来た連中のひとりを殺《や》ったのは、芳林会系の人間ではない。吉永が、あの状態で嘘をつくはずはなく、嘘をつかなければならない理由もないはずだった。

須田かもしれない、と私は瞬間考えた。

六階で、異変が起きたようには見えなかった。エレベーターを降りているころだろう。しかし、六階の窓に人影は現われない。女の姿が、時々現われていたが、いまは見えない。須田がなにをやったのか。あるいは、なにもやらなかったのか。

いつまで見あげていても、変化はなかった。いや、ひとつだけあった。屋上から垂れていたロープが、引きあげられていく。それだけが見えた。

私は、玄関の近くに場所を移した。

そこで、しばらく待った。誰も帰ってこない。人と一緒に入る方法より、別のことを考えた方がよさそうだ。

三階の部屋のボタンを押した。女の声で返事がある。俺だ。言ったが、怪訝《けげん》な答えが返ってきた。あっ、失礼。そして次の部屋のボタンを押す。三度目で、はいという返事とともに玄関のドアが開いた。中にもうひとつドアがあり、その横に管理人の部屋もあった。かなり厳重なマンションらしい。

私は五階へあがり、通路の端まで歩いた。そこが非常口である。思った通り、内側からしか開けられないようになっていた。

非常階段に出た。

六階のドアも、やはり外からは開かなかった。

屋上へ出る階段を昇る時は、靴音をたてないように注意した。屋上へは鉄柵《てっさく》のような扉で遮られていたが、錠は毀されている。

ふだん使う屋上ではないらしく、明りがひとつと給水タンクなどがあるだけだった。

私は、音に注意して扉を開けた。人影は見えない。数歩進んだ。

とっさに、私は横へ跳び、身構えた。

ひとり、立っていた。須田。暗闇《くらやみ》の中でも、なんとか見てとれる。須田も身構え、闇を透すようにして私を見ていた。

ようやく、肌がもとに戻ってきた。闇の中で感じた気配は、けもののそれのようで、私はとっさに跳んでいたのだった。肌には粟《あわ》が生じていた。

「おまえか」

低い声だった。

「偶然に、俺を見かけたのか？」

「まあ、見かけたのが、下で張ってるやつらじゃなくてよかったですね」

「なんのつもりだ？」

「俺は、山崎を捜してるんですよ」

「それで藤建の大室《おおむろ》に行き着いたのか。それだとしたら、いい鼻はしている」

「藤建の人間が、四人も撃ち殺された。当然藤建に眼はいくでしょう」

「そうはいかんさ。四人の中にゃ、芳林会も混じってる。それに警察じゃ、別の抗争だと思ってる。山崎を捜していて大室に行き着くにゃ、ちょっと荒っぽいこともやってきたんだろうと考えるぜ」

「須田さんもね」

「おまえがやったことに、若月は絡んでるのか？」

「いや」

須田は、まだじっと私を見つめていた。

「帰れよ、波崎」

「なぜ？」

「山崎は、俺が見つける。そのための通路に、いまおまえが立ってる」

「つまり、邪魔ですか？」

「ひとりでやる。それが俺のやり方でね」

「通路ってやつが、交差しちまった。そういうことでしょう。一緒にやろうとは言いませんが、交差しちまったものは仕方がない。俺は俺の通路を行くためにも、大室と会わなくちゃならないんですよ」

「あとにしろよ」

「ここを逃がしたら、もう機会はないな。だから、大室に会います」

「一発、食らわしてやろうか」

「俺も、それなりの準備はしてましてね。ここまで来るんだ。拳銃《チヤカ》の一挺《ちよう》ぐらい持ってきてますよ」

「交差点で、車がぶつかる。そりゃわかった。俺の方が先に交差点に入った」

「同じようなもんだな。ぶつかっちまったんですから」

「どうしても、大室に会う気か？」

「どうしてもね」

「相手の車をどけなきゃ、交差点は抜けられんぞ」

「必要なら、そうします。いまのところ、お互いに大丈夫なようですから、譲り合えば二人とも交差点を抜けられますよ」

「俺は、譲る気はない」

「じゃ、撃ち合いでもしますか」

須田の気配が、いきなり変化した。私は、二歩跳び退《すさ》り、身構えた。しばらく、睨《にら》み合った。押してくる。気配。こんな男もいるのか。そう思わせる気配が、確かにある。さらに退《さ》がりそうになる自分を、私はなんとか抑えていた。

かすかな舌打ちが聞えた。

「肚《はら》は据っている。無茶なところもある。だからおまえとは組みたくない。しかし、交差点の譲り合いはやるか」

「そう願いたいですね」

襲ってくる気配が、不意に消えた。水中から水面に顔を出したような、解放感に似たものが私を包んだ。

「無茶なやつだ。よく死ななかったもんだ」

「自分でも、時々そう思います」

「とにかく、大室は二人で締めあげよう。もう、半分は終ってるがね。時間はない」

須田が踵《きびす》を返した。

給水タンクのむこうに、大室は転がされていた。脇腹《わきばら》のあたりでも、強く打たれたのだろう。海老《えび》のように背を丸めている。

「喋る気にはなっているが、まだ騙《だま》そうって気もあるようだ。その気がなくなるまで、締めなきゃならん」

大室は、口にハンカチを押しこまれていた。吉永が言った通り、でっぷりとした四十ほどの男だ。

「俺に、任せてくれませんか？」

「やってみろ」

私は、大室の上体だけを起こし、後頭部に手刀を打ちこんだ。軽く、二、三秒間を置き、打ち続けた。吉永より、音をあげるのはずっと早かった。

「久納満《くのみつる》に言われた」

ハンカチを引き出すと、大室はすぐに喋りはじめた。山崎がどこにいるかは知らず、山崎を捜している人間を蹴散らせとだけ命令されたようだった。久納満が何者だか私は知らないが、はじめて久納一族のことが出てきたことになる。

「神前亭の社長が、久納満だ。ホテル・カルタヘーナのオーナーの兄。これでいいな、波崎。訊くことを訊いたんだから、早いとこ消えちまってくれ」

「須田さんは？」

「俺には、まだ訊きたいことがある。おまえはそれを、横で聞いていようってんじゃあるまいな」

「組むつもりはない、と言われましたからね。仕方がないな」

「よし、消えちまえ」

「須田さん、なにをやってる人ですか?」

「バーの親父《おやじ》さ。それ以外に、『エミリー』って花屋もやってるよ」

「花屋ね」

私は肩を竦《すく》め、非常階段にむかった。

一階まで降り、外の車の様子をしばらく窺ってから、通りへ出た。

公衆電話ボックスから、タクシーを呼んだ。待つ間、煙草を三本喫《す》った。マンションからかなり離れたので、見張りの車の姿は見えなかった。

ようやく来たタクシーに乗りこみ、しばらく走った時、赤色灯を回転させたパトカーと擦れ違った。救急車もやってきた。

「引き返してくれないか」

いやな予感に襲われ、私は言った。

「はあ」

「俺は新聞記者でね。なにか事件なのかもしれない」

運転手が車を停め、路地に尻から突っこんで方向を変えた。パトカーがまたやってきた。

マンションの前。人だかりがし、警官が整理するためにロープを張っているところだった。見張りの車の姿は見えない。

タクシーを待たせ、私は人だかりの中に入った。飛び降り自殺だということは、すぐにわかった。六階の住人。大室。そんな声も耳に入った。人だかりの中に、私は須田の姿を捜そうとしたが、見つからなかった。

大室が、自殺したとは考えられない。常時、見張りまで付けていた男だ。

「飛び降り自殺だ。大したヤマじゃないな」

タクシーに戻り、私は運転手に言った。

そのまま、ポルシェを置いた有料駐車場まで行った。自分の車に乗り換え、トンネルにむかう。トンネルを抜けると、街の照明から空気まで、まるで変った。

ジャズが聞えていた。三人の客が、女の子に見送られて帰るところだった。私に気づいた女の子が、ちょっと頭を下げる。

「一時ですよ、波崎さん。いつも女の子が帰っちまう時間に来るんですね」

「女の子が、出てくる前に来たこともある」

カウンターに腰を降ろすと、黙っていてもバーボンソーダが出てきた。酒は、ほとんどなくなっている。新しいボトルを入れた。

「須田さんは？」

「今日も、現われませんでした」

「捜してるのかな、ソルティは？」

「若月さんと野中で走り回ってましたがね。一度、どこかへ行っちまうと、まず見つかりませんね、うちのマスターは」

「どんな男なんだ？」

「どんなって？」

「半端じゃないって感じがあるが、ほんとにそうなのかな」

「そりゃ、半端じゃありません。俺はいまでも、あの人の前に立つと怕《こわ》いですよ。位負けなんてもんじゃないな。やり合ったって、絶対に勝てません」

「四十四、五ってとこだろう？」

「歳《とし》は関係ありませんよ」

二人の女の子が、挨拶《あいさつ》して帰っていった。

宇津木が、音楽を止めた。店の中が、急に静まり返った。奇妙な感じだった。

「帰ってくださいって意味じゃありませんからね。ジャズを聴いてると、俺はなんとなく憂鬱《ゆううつ》になっちまうんです。気が滅入《めい》るというんですか。古いのが多いですから」

四人殺され、ひとり殺され、そしてさっきまたひとり死んだ。二人は、多分須田が殺している。闇の中でむかい合った須田なら、それぐらいのことはやると思えた。

しかし、なんのためなのか。山崎のために、二人も殺す必要があるのか。

「一杯、いただいてもいいですか？」

「ああ」

宇津木は、ストレートだった。頭を下げ、ショットグラスの中身を、鮮やかに口に放《ほう》りこむ。宇津木が店で飲むのを、はじめて見たような気がした。

「いなくなると、うちのマスターはなにかやってるんですよ。俺みたいなガキには、手伝わせて貰《もら》えませんがね」

「荒っぽいことが、好きか？」

「好きじゃないですが、腹が立つことはいくらでもあります。そんな時は、暴れたいですよ。若月さんなんか、そうです」

「なるほどね」

「野中のボスは若月さんですし、一緒に暴れたりもできるんですが」

「しかし、おかしな街だな」

「やっぱり、そう思われますか」

「S市の方が、薄汚れちゃいるが、まともな街って気がする。ここは、なにもかもが、人工的すぎるんだ。そのくせ、おどろおどろしくもある」

「まったく、そうですよね。自分の住んでる街のことなのに、俺もそう思います」

私は腰をあげた。

神前亭に戻ると、私は電動カートで部屋へむかった。途中で、違う方へ行ってみる。

「お間違えじゃありませんか?」

道に立ち塞《ふさ》がった人影が言った。ガードマンの制服を着ている。明りの洩《も》れた部屋のそばだった。部屋といっても一戸建の家ほどはあるので、間違えにくい。

「そんなこと、あるもんか」

「いや、お間違えです。お客様は途中の二股《ふたまた》を右に曲がられました。左へ行ったところが、お客様のお帰りになるところです」

「そうかな」

酔っ払っているふりをした。ガードマンはあくまで慇懃《いんぎん》で、そして断固としていた。

18 鮒《ふな》

敷地の中を、散歩した。

神前亭へ泊ってはじめて、ゆったりとした時間をとった。気持の中まで、ゆったりしていたわけではない。

一軒一軒を、しっかりと見た。客室のほかに、人がいそうなところも見て回った。木立の中に、小屋があったりするのだ。

立入りが禁止されている場所は、特にはなさそうだった。機械室のある建物だけは、入れないようになっている。

敷地のそばには神前川が流れているが、直接河原へ降りることはできないようになっていた。敷地は土手よりもさらに一段高く、石垣が積んである。古風な感じだが、赤外線センサーもあって、侵入者を阻んでいる。

隅々まで見て回るのに、一時間以上かかった。

本館のティラウンジで、コーヒーを飲む。

その間も、須田がなぜ大室を殺したのか、考えていた。そこまでして護る価値が、山崎にあるのか。それとも別の理由か。

「お電話でございます」

ボーイがやってきて、コードレスホーンを差し出した。

「船にいる。カリーナだ」

若月だった。それ以上の要件は喋らず、私も訊かなかった。

ゆっくりとコーヒーを飲み終えると、ボーイに外出すると伝えた。日本刀は、コートに包んで持っている。すぐに、玄関に私のポルシェが回されてきた。

渚ハーバーの駐車場に、若月のパジェロはなかった。私はカリーナが繫留《けいりゅう》されているポンツーンへ歩いた。

カリーナには、エンジンがかかっていた。

「遅いな」

キャビンから顔を出した若月が言う。

「急げという話でもなかった」

「まあいいさ。乗れよ」

私がカリーナに乗りこむと、若月はひとりで舫《もや》いを解いた。

「クルーは？」

「俺ひとりで動かせる。馴《な》れているからな」

カリーナは、ゆっくりとポンツーンを離れ、ハーバーを出ると沖へむかった。

「話があるんだろう、ソルティ？」

「きのう、藤建の大室が死んだ」

「らしいな」

「その前の日にゃ、東京から来た連中のうちのひとりが死んだ」

「それで？」

「おまえが、なにか知ってるんじゃないかと思ってな」

「死んだことは、知ってる」

「誰がやったと思う？」

「まさか、俺がやったと言いはじめるんじゃあるまいな」

「ありそうなことではある。警察じゃ、一連の抗争という見方をしているようだが」

沖へ進むとうねりが大きくなったが、さすがに三十二フィートのクルーザーはランナバウトより安定していた。

「なにが言いたいんだ、ソルティ？」

「俺と、組んでくれ」

「いまさら、なんだ」

「頼む」

「いま、そう言う理由は？」

「須田さんを、死なせたくない」

二人を殺したのが須田だと、若月は気づいているようだった。

「関係ないな、俺には」

「俺は最初、山崎を捜すおまえに、協力的ではなかった」

「それも、関係ない。ひとりでやる。それが身についてるだけのことさ。仕事も、そうしてきた。山崎と組んだのは、そういう相手が見つかったと、本気で考えたことがあったからさ。いわば、山崎とは友だちだった。そう錯覚していた」

カリーナは、うねりをかわしながら、軽快に走っていた。全速に近い状態だろう。姫島が大きくなっている。

「一分一秒でも早く、おまえが山崎を見つければいい、と思ってる」

「姫島へ行けば、それだけ時間が無駄になる」

「姫島の爺《じい》さんに頼んでみる。山崎がどこにいるかは、知ってるはずだ」

「よせよ」

「訊き出すしかない」

「無理だ。喋るならはじめから喋ってる。そういう爺さんだろう。それを言わなかった。言わない理由は、ちゃんとあるのさ。むしろ、水村の方が喋る可能性はある。わずかな可能性だがね」

「水村は喋りゃしない。完全に爺さんの犬だ。多分、死ぬまでな」

「じゃ、時間の無駄だ、ソルティ」

喋っているのはフライングブリッジの上で、言葉は口から出ると風に吹き飛ばされていく。

「ほんとうは、ずっと東から回りこむ。潮流に乗るようにして、島に近づくんだ。その方が、揺れない」

カリーナは、真直《まっす》ぐ姫島にむかっていた。潮流を直角に突っ切るつもりなのだろう。

船体が、不意に揺れはじめた。揉《も》まれる。右に揺れたと思うと、それが収まる前にほかの方向にも揺れがくる。波ではない別なものに、ぶつかっているような衝撃だった。飛沫《しぶき》が降ってくる。若月は、それほどスピードを落とそうともせず、突っ走っていた。船が持ちあがる。次には、海面に叩《たた》きつけられる。スロットルの調整と舵《かじ》の操作で、衝撃をやわらげているようだった。喋っている余裕もない。私は、両手でハンドレールを摑《つか》み、衝撃に合わせて躰を上下させた。じっとしていると、衝撃は大きいのだ。

「抜けたな」

言ったのは、私の方だった。

揺れは同じ海かと思うほど少なくなっていた。うねりだけだ。

姫島が近づいてくる。若月がスピードを落としたのは、港に入ってからだった。

岸壁に、ドーベルマンを二頭連れた水村が立っていた。

「引き返せ、若月」

「俺は、会長に会いたい。取次いでくれないか、水村さん」

「会いたければ、きちんと手続を踏むんだな。いきなり来て、会ってくれもないだろう」

「急いでる」

「誰だって、そうは言える」

「山崎の居場所を、できるだけ早く知らなきゃならない。取次ぐだけ取次いでくれないか。頼む」

「男が、あっさり頼むなんて言うもんじゃないぜ。教えたら、おまえはなんでもやるか?」

「なにをやれってんだ?」

「なんだって言える。しかし会長は、そんなことはおっしゃらない。だからお会いにもならない。取次ぐだけ無駄だ。取次げば、俺がお叱《しか》りを受ける」

「二人で、山崎を助けろと言ったぜ」

「だから、そうすりゃいい」

「居所を知ってるのに、教えもせずにか。虫のいい話だ。俺がなんで、会長のために働かなきゃならない」

「自分のためにと、会長は言われていない。山崎のためにとは思っておられるだろうが。それに、山崎の家族のためにとな」

爺さんには、直接なにもできないわけがあるのかもしれない、と私は思った。それも、あの街のありように関係があるのに違いなかった。

若月が、強引に岸壁に船を寄せ、舫いを取ろうとした。

「やめておけ」

水村の表情は動かない。

「俺は本気だぞ、若月」

しばらく、若月と水村が睨み合う恰好になった。若月の方が、先に息を吐いた。

「自分の心ってものはないのか、水村」

「おまえに、それを言う必要はない」

若月が唇を嚙《か》む。

「群先生のことは、よくやってくれた。会長が礼を言っておられる」

水村が、私に眼をむけた。

「ひとつ訊いていいか、水村さん。世間話だと思ってくれていい」

「言ってみろ」

「俺は、神前亭っていう、とんでもない旅館に泊ってる。地味だが、ホテル・カルタヘーナと並ぶね、ありゃ。久納満ってのが社長らしい。ちょっと会ってみたい気がする」

水村は、私を見つめていた。二頭のドーベルマンは、大人しく座っている。

「久納満に会うにゃ、どうすればいい？」

「神前亭の社長とは、簡単には会えないだろう。忍さんにでも頼め」

「そうすれば、会えるか？」

「さあな。忍さんは、まずいやがるだろう」

「ほかの方法は？」

「慌てるなよ、波崎」

「水村さん、俺は世間話をしているだけだぜ。ここへだって、来たくて来たわけじゃない。乗った船が来ちまったんだ」

「しかし、慌ててる。眼の色が、そうだ。もっと腰を据えろよ。そういう訓練をするんだ」

「なにをやればいいか、わからないんだ」

「釣りでもやればいい」

「経験がないな」

「鮒《ふな》にはじまり、鮒に終る。そう言われてる。その間に、いろんなものが入るわけさ。若月なんかは、クルーザーでやるトローリングだけが釣りだと思ってる」

水村の表情は、動かなかった。

「とにかく、早く出ていけ。おまえらが出ていかないかぎり、俺も動けん」

「いい加減にしなよ、水村さん。どこからどう見ても、俺はあんたが気に食わんな」

「俺もだ、若月。なにかあると、おまえが眼障りになる。本気でやり合おうとしても、避けるだけだし」

「いまから、そこへ降りる」

「やめておけ。この島じゃ、一対一でやり合うなんてことはできん。おまえが入ってこないようにするのが俺の仕事だから、使える方法は全部使う。本気でやり合いたいなら、俺が街へ行った時にしろ」

若月が、また唇を噛んだ。

「行こう」

私は言った。若月が、岸壁から船を離した。スクリューが二つ付いている二軸船は、どんな細かい取り回しも造作がないようだった。

その場で船は回り、港を出、すぐにスピードをあげた。

潮流を乗り切るまで、若月はなにも喋ろうとしなかった。うねりだけの揺れになった時、マリーナと無線で交信をはじめる。

「なにか、すごいことになってきたみたいです」

野中の声が流れてきた。

「大抗争ですよ。藤建の社長が殺されたんで、本格的に反撃しはじめたみたいですね。警察も非常配備らしいし」

野中の言い方は、曖昧《あいまい》だった。傍受される危険を考えて、具体的なことは言おうとしていないのだろう。

「家出した不良少年は？」

「見つかりませんね。まあ、こんな状態じゃ捜すのも無理です。母親の方は、大丈夫ですがね」

一瞬、山崎広二が家出でもしたのか、と私は思った。須田のことと山崎有子のことが、分けて語られたようだ。

「なにか釣れましたか？」

「なにも。鰹《かつお》ぐらいあがってもよさそうなもんだが、まるで駄目だ。おかしな潮が入ってきてるし、うねりも大きい。これから帰港する」

「了解」

交信は終りだった。

藤建の社長が殺されたことで、本格的な抗争に入ったようだ、と私は思った。それなら、東京から来た連中は圧倒的に不利だろう。五人ぐらいしかいない。そのうちのひとりは、女である。しかも、地の利はない。

ただ、八人が乗ったワゴン車を襲い、四人まで撃ち殺してしまうような連中だった。

「久納満に会って、どうする？」

若月が言った。

「快適な宿だ。泊り客として、それぐらい社長に伝えたくてね」

「なにを、狙《ねら》ってる？」

「狙うものが、はっきりしない。俺がほんとに会いたいのは、山崎ひとりなんだ」

「朝、早くだな」

「鮒と言ってたな、水村は」

「いいところがある。そう思ったね。はじめてだ。もっとも、おまえに教えたんだろうが」

「場所は、思いつくか？」

「一カ所しかない。明日の朝、行ってみようじゃないか」

「調べられるぜ」

「鮒釣りは、朝と相場が決まってる。別々に行ったたって、むこうで一緒になるさ」

私は、煙草をくわえた。風の中では、私のライターではうまく火がつかなかった。若月が、ジッポの火を出してくる。

「久納満に会ったことは？」

「見たことはある。ホテル・カルタヘーナのオーナーの兄貴だ」

「忍さんとは、どういう関係だ？」

「忍さんも、兄弟さ。腹が違うってやつでね。そうだと、本人に聞いたわけじゃないが」

「神前亭とカルタヘーナは、兄弟喧嘩《げんか》か？」

「そこんとこも、俺にゃよくわからん。表面上は、なんの問題もない」

「爺さんは？」

「兄弟の後見ってとこかな。それも、はっきり知ってるわけじゃない。つまらないことに関《かかわ》るのが、爺さんは面倒なんだ。兄弟の競争を、苦々しくも思ってるだろう」

「やっぱり、おかしな街だ。正常じゃないね。それに、まったくいけすかない」

「いやなら、出ていけよ」

街が近づいていた。

19　屈折

昼めしを終えたのは、二時過ぎだった。

なんとなく若月と一緒にいて、昼めしを食うことになったのだ。

「群先生、そろそろリハビリを開始してるころだぜ」

別れ際に、若月が言った。

「酒を断つのか？」

「断ちはしない。そんな無理はな。晩酌程度は、やるはずだよ」

「そこから飲み続けていくから、病気なんだろう」

「それを断てる。不思議な人さ。S市で、おまえがなにを見たかは知らんが、まあ、なにもなかった。俺としては、そう思って貰いたい」

「なにも、なかったよ」

言うと、若月がかすかに笑い、くわえていた煙草を喫《す》った。

街の中は、いつもと変らなかった。ただ、警官の姿は多い。S市はもっと多く、検問も厳しくやっているだろう。もともとS市の抗争でこの街がとばっちりを受けた、というのが警察の考えなのだ。

門内に車を入れると、黄金丸が飛んできた。

山瀬が出てきて、頭を下げる。黄金丸は、じっと私を見ていた。

「憶えてるか、俺を。憶えてるよな」

黄金丸が、かすかに鼻を鳴らす。

「先生は？」

「どうぞ、お通りください。別に仕事中というわけではありませんし、小野もおります」

頷《うなず》き、私は車を出した。

黄金丸が、走って付いてきた。玄関で車を降りると、ようやく尻尾《しっぽ》を振りはじめる。群

秋生は庭のようだ。

小野玲子が出てきて、居間に案内した。

「どうも、いろいろお世話になって」

「知らないな。なんの話だい？」

「それだと、助かります。先生は、若月さんが連れ戻してくれたと思いこんでいますし」

「若月が、やったのさ」

山瀬の女房が、コーヒーを運んできた。

「君は、先生を好きなのか？」

「人間としては、好きだし尊敬もしています。男と女という意味じゃ、首を横に振るしかありませんわ」

「小説家の卵だろう。宇津木がそんなことを言ってた。持って回った言い方じゃなく、もっと洒落《しゃれ》た表現はないのか」

「心の壁がある人には、心を開かないことにしています。こっちだけが壁にぶつかるのは、不公平だって気がするし」

「なるほどね」

　私は煙草に火をつけた。

「俺の心にゃ、壁なんてない」

「あら」

「いまは、いろんな問題も抱えてるが、もうすぐ解決するし」

「口説いてるように聞えるわ」

「口説いてる」

　小野玲子が笑いはじめる。白い歯が印象的だった。昔から、好きになった女は、みんな歯がきれいだった。

「小娘と思うと、火傷《やけど》をしますよ」

「そんなのが好きでね。火傷をするような、危いことが。自分が、生きてるって気がしてくるんだ」

「持って回った口説き方だわ、そちらこそ」

「俺は小説家の卵ではないし、小説すらろくに読んだことがない。洒落た口説き方なんてできるわけないだろう」

「でも、結構洒落てる」

「おまえと寝たい」

「えっ」

「いままで、そんな口説き方しかしたことがなかった。こんな口説き方をするのは、はじめてでね」

私は、コーヒーを口に運んだ。

なぜ小野玲子にそんなことを言いはじめたのか、よくわからなかった。惚《ほ》れた女が、いなかったわけではない。眼を見て押し倒せばいい、といつも考え、そうしてきた。

「あたし、面倒な女なんです。誰も口説いてはくれないわ」

「群秋生の女、と思われているからだろう」

「それは、なしね」

「男たちは、小説を書けない。だから、君にコンプレックスを持つ。どう思われるのだろう、といつも考えてしまうんだな」

「あなたは、小説を書こうと思えば、書けるわけ？」

「書ける」

　コーヒーカップを、受け皿に戻した。

「この街に、俺はいま小説を書いてる」

「街に？」

「そう。字で書くんじゃなく、俺の肉体でね。おかしいかな？」

「あたしより、ずっと才能がありそう」

「今夜、食事をしないか」

「いろんな問題を抱えていて、それがまだ解決していないいんでしょう？」

「優先順位が、日によって変る。男ってのは、そんなもんでね」

　実際、いまの街の状態なら、じっとしているしかなさそうだった。

「一年前、若月さんと『スコーピオン』という店のママが恋をしたわ」

「いまも、続いてるみたいだな」

「指をくわえて見ていたの。恋ができるっていうことが羨《うらや》ましくて」

　玲子が笑った。

「今夜の食事、どうするんだ？」

「お世話になったしな」

「なにか世話をした、という憶えはない。そんなんで付き合おうというなら、こっちからお断りだ。俺は、君をただ食事に誘ってる」

群秋生が、庭を歩いてくるのが見えた。驚いたことに、プールで泳いだようだ。水はもう、かなり冷たいだろう。

「先生には、知られたくない。早いとこ返事が欲しいな」

「いいわ」

「そうか、ありがとう」

「でも、先生にはすぐに知れると思う」

「それはそれでいいさ」

私は腰をあげ、隣のゲーム室に行った。

玲子が、灰皿を持ってきて、隅のテーブルに置いた。

「場所は任せる。時間も。それから、先生の愛用のキューを借りるぜ。これは俺が無断でやることで、君には関係ないが」

「七時。須佐亭。イタリアンでよければ」

「いいね。約束した」

私は、群秋生のキューケースからキューを抜き、ジョイントを繋《つな》いだ。

重いキューだった。しかし、バランスはいい。オーダーメイドだということは、見ただけでわかった。

象牙《ぞうげ》のボールを十五個並べ、手玉で突き崩すブレイク・ショットを、くり返しやった。角度をつけると、どう散るか。正面からのショットでは。手玉にひねりの回転を加えたらどうなるか。三十分ほど続けた。

バスローブ姿の群秋生が、黙って台のそばに立ち、私のショットを見つめた。憔悴《しょうすい》している。それは、はっきりとわかる。しかし、眼に生気はあった。強いと言っていいほどの光がある。

「真剣を振り、泳ぎ、それからサウナですか。スポーツ選手だな、まるで」

「躰は、こうやって手入れできる。手入れできないのが、心ってやつでね」

私は、S市の安アパートで見た群秋生の姿を、できるだけ頭から追い払おうとした。

「久納満って、どんな男ですか、先生？」

「屈折のかたまりだな。それを克服しようという人生だったと思う」

「なぜ、屈折するんです。大金持ちだろうし」

「人は、余人にわからぬ理由で、屈折する。屈折はすべてそうだ」

「姫島の爺さんは？」

「屈折があったとしても、克服しちまったタイプだ。人の営みの悲しさが見えてしまって、いつもやりきれない気持でいるタイプさ」

「先生は？」

「屈折と名のつくものは、すべて原稿用紙に吐き出してしまう」

私は、十五個の玉をきちんと並べた。角度をつけ、軽く手玉を撞《つ》いた。三角形の頂点の玉だけが、ほかの十四個の玉から離れた。

「久納満です」

「無理だな」

「そうですか」

「屈折している人間は、おしなべて孤独には強いもんだよ」

離れた玉をもう一度戻し、正面から思いきり撞いた。十五個の玉が、盤面いっぱいに大きく拡がった。それを続けざまに近くのポケットに落としていく。バランスのいいキューは、やはり違った。真剣を振る群秋生には、これぐらいの重さがあった方がいいのかもしれない。

「いい腕だ」

「先生のダーツほどじゃありませんが」

「ブレイク・ショットは、おまえ以外の誰かがやったんじゃないのか。街は、かなり騒々しいそうだ」

「ほんとのブレイク・ショットは、これからですよ。それも、俺以外の人間でしょうが。それにしても、これはいいキューだ」

「久納満は、屈折の多い人間だ。しかし非人間的というわけじゃない」

「わかりました」

「会うのは、なかなか難しいと思う」

「なんとかしますよ。ところで先生、俺には屈折というやつを感じますか？」

「あるな。おまえにも若月にも」

居間に移った。

そうすることが決まっているのか、玲子が野菜ジュースを運んできた。すぐに部屋を出ていく。群秋生は、パイプに火をつけた。いい匂いが漂いはじめる。

「取消すぞ。おまえには屈折などない」

「少しは、あるでしょう？」

「かけらもないな」

群秋生が、私を見つめてくる。眼に引きこまれていきそうな気がする。

「俺の家で、俺の秘書を平気で口説いた。これで屈折があると言えるか」

「わかりましたか？」

「小野は、一度もおまえに視線をむけなかったよ。つまり承知したってことだな」

「いやだな、作家って人種は」

「まあ、小野にとっちゃ、相手がおまえだってこと以外じゃいいことだがね。あれだけの美人なのに、そんなことが少なすぎた」

「食事だけですよ」

「胃袋に通じる道は、心を通っている。誰だったかの言葉の逆だ。心を開かせるには、めしを食いながらやれということさ」

群秋生が、野菜ジュースのストローをくわえた。

20　意志

小説家志望というのは、私にとっては理解の範囲を超えていた。群秋生を見るかぎり、望んで小説家になるのではないだろう、ということはなんとなくわかる。

小野玲子は、女優かモデルにでもしたいような容姿をしていた。だからといって、女として上等とはかぎらない。見た眼が上等というだけのことだ。

食事のマナーも、上等と言えるのだろう。ナプキンの使い方が、特に見事に私には思えた。

「いままで、恋人がひとりもいなかったとは、にわかには信じ難いね」

「友だちは、いましたわ。あたしが好きになった友だちも」

「うまく気持を表現できない？」

「多分、そういうことね。小説家の秘書なんて、田舎じゃ特別な眼で見られてしまうわ」

「好きになったの、最近なのか？」

「好きになったのは、もっと前。東京で、まだ学生だったころ」

料理は、メインディッシュに入っていた。イタリア料理でも、メインディッシュと言うのかどうか、知らない。どうでもいいことだが、註文《ちゅうもん》した料理が自分の胃袋には少なすぎるかもしれない、と私は考えはじめていた。

二年半前から、群秋生の秘書。S市の実家は何代も続いた呉服屋で、大学を卒業したばかりの弟がひとりいる。車の運転が好きで、乗っているのはモスグリーンのシルビア。オートマチックではなく、マニュアルミッションだ。

「それで、どんな小説を書きたいんだ？」

「それが、わからないの」

「志望だけ、先走りしているというタイプか。よくあるやつだ。夢見てるわけだろう」

私は、メインディッシュの仔牛《こうし》のカツに挑戦していた。イタリア料理店らしくないメニューという気がしたが、須佐亭のマネージャーはそれを勧めたのだ。

「ひどいことを、平気で言うのね」

「俺の取柄でね。君が、ものを言いやすいようにしてやっている」

「何本も書いて、先生に見せたわ。二年半の間、ほとんどなにも言ってくれない。ひと言だけ、あたしがこたえてひと晩眠れなくなるようなことをおっしゃるだけで。そのうち、自分が何を書きたいのか、わからなくなってきたわ」

「そうやって、才能の芽を潰《つぶ》そうとしているんだ、あの人は」

「それが、先生の基本方針なの。はじめに、はっきりと言われたわ。女は、手に職をつけるか、結婚して幸福になるのがいいって。そのどちらとも、小説は両立しないって」

「なるほど。わからないでもないな」

「不幸な人間だけが、小説家たる資格を持っている。先生には、そういう思いこみがあるわ」

「あの人を見ていると、そうだとも思えてくる」

仔牛のカツを平らげると、なんとか私の胃袋は落ち着いてきた。

「このワイン、なかなかいい」

「ゲンメ村というところで作られたの。ラベルの絵で、狼《おおかみ》が遠吠《とおぼ》えをしてるわ」

「なるほどね。俺に合いそうで、これを選んでくれたのか。負け犬の遠吠えと、重ね合わせているだろう」

「仲間を、求めてる。狼の遠吠えはそうよ」

私は、ちょっと肩を竦《すく》めた。

「困ったな」

「なに?」

「これからどうすればいいか、よくわからん。女と、こういう付き合いはしてこなかったんでね」

小野玲子が、口に手を当てて笑いはじめた。まったく、お嬢さまというやつだ。そういうものに対しては反撥《はんぱつ》しか感じたことがなかった私が、なぜかあまりいやがってはいなかった。どうにでも変っていく、というふうに見えたのだ。

「あたしのことばかり訊いて、自分のことは喋らないんですね、波崎さん」

「こいつは失礼。波崎了。三十四歳。独身。恋人はなし。借金の取り立てが仕事で、それ以外のことはやってない」

「取り立てっていうと」

「やくざの仕事と思えるだろうが、俺はこれまで四度、やくざから借金を取り立てたことがある。自慢と言えば、その程度かな。この街へは、借金の取り立てに来たわけじゃない。別のこともはじめようとしていた。その初《しょ》っ端《ぱな》で躓《つまず》いた。躓いたはずみで、ここまで来ちまったわけさ」

「山崎さんのご主人のことね」

「話が早い。説明する手間が省ける」

「見つけたら、どうするの？」

「信用し合って、一度は組んだ相手だ。それを裏切ったとなると、殺すしかないような気もする。会うまで、わからんがね」

殺す、などという言葉に、玲子はそれほど過剰な反応は示さなかった。

ボーイが、デザートの註文を取りに来た。私はチーズを三種類頼んだ。

「いやなことが多いな、この街。あたし、そう思います。見た眼はきれいなところですけど」

「まったくだ」

「そのいやなところを、先生は好きなのね。人の汚れとか醜さとか、そんなものがほんとの悲しさを生み出すと信じてるんだわ」

「自分でも充分に悲しんでいるように、俺には見えるがね」

「癒《いや》せる悲しみと、癒せない悲しみが、多分あるんですよ。先生が抱えこんでるのは、癒せない悲しみ。だから、たとえ人の死であっても解決される悲しみなら、先生は見ていられるんじゃないかと思うの」

「文学的な話になってきたな」

「そんなつもり、ないわ。波崎さんと食事ができて、愉《たの》しかった。みんな、あたしとはまともに食事もしてくれないから」

「したがってるさ」

「誘われたことはないわ」

「誘えない。なんとなく、そういう雰囲気がある。おまけに、群秋生の秘書ときてる」

「雇主はひどい酔っ払いで、あまり上品とも言えないのに」

玲子が笑った。

白い歯が眩《まぶ》しすぎて、私は運ばれてきたチーズにナイフを入れた。ゲンメという赤ワインが、まだいくらか残っている。それを口に入れた。チーズとワインが、口の中で溶け合った。

「借金の取り立てって、儲《もう》かるんですか？」

「やくざがやりたがるほどの、いい仕事さ。依頼人によっては、取り立てた額の四割とか五割とかくれる」

「でも、みんなやってるわけじゃないわ」

「技術がある。単純なものだが、相手を少しずつ参らせていく、という技術があるんだ。会社へ押しかけて、大声で喚《わめ》くとか、そんなことじゃないぜ。心理戦争みたいなもんだ」

「別なことを、やろうとしてたんでしょう？」

「大きく儲けるには、限界もあったから」

　ほんとうは、そうではなかった。儲けるだけなら、借金の取り立ての方がずっとよかった。三十を過ぎてから、まともな仕事をしたくなった。そんな気がする。

「愉しかったわ、とても」

「もう帰る、なんて言い出すんじゃあるまいな。これから『パセオ』に飲みに行く」

「あら、『てまり』じゃなく？」

「俺は、勘がいい方なんだ。『てまり』じゃ、群先生に会いそうな気がする」

「そうね、あたしもそんな気がするわ」

「こうやって、秘密をひとつずつ作っていく。小さな秘密でも、いくつか集まると大きくなる。つまり、二人の間に誰も入れなくなる、ってわけだ」

「口説かれているような気がする。ワインに酔ったのかしら」

「口説いてる」

「はじめてよ、お食事したの」

「面倒なことは、性に合わん。好きなやつには、そう言う。会った瞬間にそう思うこともあれば、十年経《た》っても、なにも思わないこともある。俺は、そういう男でね」

「なにか、返事をしろとおっしゃるの？」

「一緒に飲む時間ぐらいは、くれと言ってるだけさ」

コーヒーが運ばれてきた。

黙って、私と玲子はそれを飲んだ。それから席を立ち、私のポルシェで『パセオ』の前まで行った。

カウンターに腰を降ろした。玲子はコニャックを、私はバーボンを頼んだ。

「教養のある女の子を、あまり相手にしたことはない。あまりというより、ほとんどだな。俺のやり方は荒っぽいし、強引なんだろうと思うが、どうにもならんね。ここでしばらく飲んだら、S市まで送るよ」

店内が暗くなり、女の歌手が出てきて、シャンソンを唄いはじめた。

「御熱心なこと」

玲子が言う。カウンターの端に、忍《おし》がいることに私は気づいた。多分、歌手が忍の愛人かなにかだろう。

「いやな言い方だな。誰が誰を好きになろうと、どれだけ熱心であろうと、その人間の自由だと俺は思うね」

「ごめんなさい」

「ありきたりのことしか言わないから、いい小説が書けないんだぜ、多分」

「強引なだけじゃなく、意地も悪い」

「俺は、感じたことを口にする。特に相手が好きな場合は。それで、俺がどういう人間かもわかって貰えるだろうし」

「憶えておくわ」

「嫌われたら、諦《あきら》める。本気で嫌われたら」

「いまのところ、反撃の方法を捜してるぐらいで、嫌いじゃないわ」

一曲終ると、ぱらぱらと拍手が起きた。私は、二杯目のバーボンを頼んだ。

「酔っ払い運転じゃ、いやかい？」

「先生で馴れてるわ」

「まったく話は変るが、黄金丸《こがねまる》は君の言うことを聞くかね」

「ほんとに、話が飛躍するのね」

玲子がブランデーグラスをゆすった。薄い闇の中で、白い指がいっそう目立った。

「黄金丸は、あたしの言うことも、山瀬さんの言うことも、あまり聞かないわ。ほんとに従順なのは、先生に対してだけね」

「俺が、言うことを聞かせてみせる。従順にはできないだろうが」

「なぜ？」

「ただ、そうしてみたい」

玲子が、笑ったのかどうかわからなかった。

それから、私は黙ってバーボンを二杯飲んだ。玲子は、一杯のコニャックを舐《な》め続けている。

　唄が終り、店内が明るくなった。

「いいんですか、こんなところで飲んでて?」

　そばに来た忍にむかって、私は言った。

「おまえこそ、いいのか、波崎?」

「俺は、俺の意志のままに動きますよ。忍さんとは違う。姫島の爺さんは、なんでもお見通しみたいだし、心配してみただけです」

「皮肉な男だ」

「姫島の爺さんは、あと何人死んだら怒り出しますかね?」

「会長は、本気で怒らんよ。みんなそう思ってる。休火山みたいなもんだとな。俺は、実のところ、びくびくしてる」

　玲子と私が飲んでいることについて、忍はなにも言わなかった。久納満の話をしようとして、私は思い止《とど》まった。私の方が、得るところは少ない。

「いい歌手だ」

「そうかね。おまえは、音楽などわからんと宇津木が言ってたがな」

「いまのがジャズ、いまのがシャンソン。そんなことがわからなけりゃ、音楽がわからないってことなんですか?」

「じゃ、わかるな。彼女の唄にこめられていた、諦めと悲しみみたいなものは、感じられましたしね」

「いや」

忍が、口もとだけで笑った。

「そういえば、さっき『てまり』で群先生に会った」

反撃のつもりで忍は口にしたようだが、私は無視し、玲子は笑い出した。

「酔ってましたでしょう、また？」

「どれだけ酔って、どれだけ醒めてるのか、俺にはよくわからん。君たちもだ」

私の肩を軽く叩き、忍が立ちあがった。

21　釣り

車一台が、ようやく通れるほどの山道だった。乗馬クラブの裏から登ってきて、途中まででしか舗装もなかった。私のポルシェでは、何度も腹を打つ破目になっただろう。

「神前川じゃないのか、ソルティ？」

「ほんとに鮒《ふな》を狙《ねら》うなら、それらしい場所がある。土曜日でも、多分人っ子ひとりいないはずだ。全部森林でね。畠《はたけ》もない」

「まあ、おまえの四駆があって助かった」

「とにかく、急ぐぞ」

ダートのワインディングを、かなり飛ばしている。テイルスライドなど、気にしてもいない。ラリーの経験でもあるのだろうか。コーナーのシフトダウンは、プロ並みと思えた。

「須田さんは、姿を見せないか？」

「気紛《きまぐ》れも、いい加減にして貰《もら》いたい」

「気紛れかね」

「どういう意味だ？」

「なにかやりはじめると、半端じゃ終らせない男だろう？」

若月は返事をしなかった。私はダッシュボードの灰皿を引き出し、煙草《たばこ》に火をつけた。

車が跳ねた。若月が舌打ちをする。

「まだか？」

「あと二キロってとこかな」

「久納満は、こんな道を通って釣りに行ってるのか」

「元気な爺《じい》さんさ。ほんとに釣りをしてるとしたら」

「いくつぐらいなんだ？」

「六十四、五ってとこだろう」

「姫島の爺さんは？」

「七十三」

「この街も、同じか」

「なにが？」

「爺《じじ》いが、でかい顔をしてる。小僧扱いなんだ」

「まあな。忍さんが、小僧扱いなんだ。どこでもそうだな」


ずっと登りだった道が、急な下りになった。さすがに若月は、無茶な運転はしない。私は、道の轍《わだち》を見ていた。轍の間にも草がある。そういう道だ。

急な下りは短く、雑木林をひとつかわすと、不意に朝日を照り返している水面が見えた。

「いるな」

レンジローバーが、一台雑草の中にうずくまっていた。池のまわりに、道はないようだった。池のほとりは砂地で、ひょうたんのように真中がくびれた池だった。奥の方がどうなってるかわからない。湖のように広いのかもしれなかった。

見えるかぎりのところに、釣人の姿はなかった。

若月が顎《あご》をしゃくり、歩きはじめた。くびれのむこう側にむかう方向になる。下は草こそあるが、湿っていて足をとった。私は、ジャンパーの上にコートを着ていたが、それを脱いだ。コートのポケットには、装弾した拳銃《けんじゅう》が入れてあって、ずっしりと重い。

「鮒といっても、へらと呼ばれるやつらしい。久納満が凝っているとしたら、多分あれだろう」

「誰に聞いた、ソルティ？」

「久納満がというより、鮒に凝るやつはみんなそうらしいんだ。普通の鮒より神経質で、騙《だま》し合いも微妙になるってわけさ」

半島のように張り出している部分があり、そこを横切るともう池のむこうらしい。枯れた木の間を縫った。奥の方はもっと広く、やはり湖と呼んでいいほどの広さだ。

岸にうずくまっている人の姿が見えた。

「あれだな。ひとりのようだ」

「大きな声を出すな。気づかれるぞ、ソルティ」

「俺たちが来たことは、とうにわかってるさ。車のエンジン音は、二キロも前から聞えただろうからな。山じゃ、そんな音がすぐ近くで聞えたりするものなんだ」

喋《しゃべ》りながらも、若月は速足で歩き続けていた。うずくまっているのが老人であることが、なんとなくわかる距離になった。近づく私たちに気づいていないはずはないが、老人の躰《からだ》は微動だにしない。

背後に立った。

ない。

「俺、『ムーン・トラベル』という会社をやってる、若月といいます」

老人がゆっくりふりむいて、唇に指を当てた。睨《にら》みつけるような眼差《まなざ》しだが、険悪さは
ない。

老人が見ている浮きを、私も見つめた。細い棒状の浮きで、先端は赤い。それが、かす
かに揺れているように見えた。

やわらかそうな竿《さお》の先は、ほんのわずか水面に入っていた。そうした方が、糸がたるま
ないのかもしれない。竿置きに置いた竿に、老人はそっと手をかけている。女の胸でも触
れているようだ、と私は思った。

老人の全身に、緊張が走るのがわかった。私も若月も、一歩も動かず浮きを見つめた。

息をしても寄ってきた魚が逃げるのではないか、という気がする。

長い時間だった。

不意に、浮きが舞いあがり、宙で静止した。そう見えた。竿の先は、大きくしなってい
る。一瞬だった。次の瞬間、浮きが揺れ、張りつめていた糸が力を失った。

糸を切られたのかと思ったが、鉤《はり》は付いていた。餌《えさ》はない。

「餌だけ、奪《と》られましたね」

私が言うと、老人がふりむいた。

「吸いこみ釣りをしている。竿をあげた時は、餌はない」

「だから、奪られたわけでしょう?」

「芋の粉をねったものが、餌だ。水に溶ける。それを、魚が少しずつ吸いこむ。そして、真中にある鉤まで吸いこむ。おかしなものが混じったと思ったら、すぐに吐くがね。惜しかった。しっかりと鉤がかかる前に合わせてしまった。遅すぎればそれまでだし、早ければいまのようになる」

老人が、腰をあげた。意外に大きな躰だった。

「おまえたちは?」

「通りがかりの者ですよ」

若月が言う前に、私が言った。

「通りがかる場所ではないがな」

「人を、捜しに来たんですよ。山崎進一という男です。このあたりで捜せば、見つかるんじゃないかと思いましてね」

「それじゃ、捜せ」

「どこにいるか、知ってるでしょう?」

「たとえ知っていたとしても、釣りを邪魔するおまえたちに、なぜ俺が教えなきゃならん。早いとこ、失《う》せろ」

「もっとのんびりと、釣りをしたいとは思いませんか。余計な邪魔が入って、あれこれ面倒な思いをするよりも」

「まだ、邪魔をしようというのか？」

「毎日、ここへ来ますよ。なんなら、ジェットスキーでも運びこんで、ここで派手に突っ走ってみてもいい」

「いい度胸だな、若いの」

もの言いは姫島の爺さんに似ていたが、顔は似ていなかった。

「教えてください」

「そっちのは、なんとか言ってたな」

「神前亭とライバルのホテルに、事務所を持ってる、ケツの青い船乗りですよ、俺は」

「あのヨットか？」

「ヨットも含めて、船でのイベントをうちの会社がやってるってわけで」

若月が煙草をくわえた。

「俺の湖《うみ》に、吸殻《しか》は捨てるな。灰もだ」

老人の口調は叱るようでも咎《とが》めるようでもなく、ただ命令したように聞えた。

「久納満さんですね」

私は言った。

「とんでもないことになりますよ。山崎を東京から追ってきた連中は、半端じゃない。すでに芳林会とかいうところと殺し合いをしてますが、本気になったらこんなものじゃないでしょう。やくざとは、まるで質の違う組織だろうと思います。きのう一日は静かだったようだけど、応援を待っていると俺は思ってますよ」

「応援が来たら？」

「それこそ、収拾のつかない戦争でしょう」

久納満は、つまらなそうに首を振り、餌の入っているらしいバケツに手を入れた。ひと握りの芋。それを掌《てのひら》の中でこねている。餌を鉤に刺すという感覚とは、だいぶ違うらしい。餌の団子で、鉤を包みこんでしまうのだろう。

「俺は、またはじめる。この湖《うみ》の魚は、人の声に敏感でな」

「湖ですか？」

「そう、俺の湖だ。荒れることも流れることもなく、いつもひっそりと俺を待ってる」

「ロマンチックな方ですな、まったく」

「悪いかね。人間は、ひとつぐらいそうやって待たれるものを持ってもいい、と俺は思うがね」

「棺桶《かんおけ》が、待ってますよ。あそこなら、それこそ誰に邪魔されることもなく眠れる」

「俺を脅しているのか、若いの？」

「いえ。教えているだけですよ。これからどういうことが起きるか、はっきり認識しておられないようだし」

「山崎を追っているという男たちか？」

「ほぼ、山崎の背後にあんたがいる、と摑《つか》んでいるでしょうね。俺たちだって、あんたのことを、それぞれ別のルートから摑んだわけだし」

「そして？」

「山崎を護《まも》っているブロックを、効果的に突き崩す方法は、あんたを殺すことです。そうすりゃ、すべてガタガタになり、山崎はどこかに放《ほう》り出されてくる。つまり、のんびり釣りなんかしてる暇が、あんたにはないってことなんです」

「俺の湖《うみ》で、釣りをすることも許されんわけか。それはつらいな」

「われわれの方が、連中よりいくらか早かった。それだけのことですよ」

「山崎がどこにいるか、俺から教えることはできん」

「多分、そうなんでしょうね。ここまで匿《かくま》ってこられたんだから。山崎と心中すると言われるなら、俺はこれ以上なにも訊《き》きません」

久納満が、折り畳みのキャンバス椅子《いす》に腰を降ろした。手でねっていた芋を、鉤の先に丁寧につけ、さらに餌を丸めはじめる。ひとしきり、その仕草が続いた。

久納満は竿を持って立ちあがり、毀《こわ》れものでも抛《ほう》るように、餌を水の中にそっと投げ、また腰を降ろした。

水面に、浮きが立っている。それは静止したまま、かすかな緊張をはらんでいた。

「若いの。おまえは、山崎に会う権利が自分にある、と思ってるのか？」

「山崎と、最後に事業をしていたのは、俺でしたからね。そして、友だちだとも思ってました」

「以前は、友だちだった、と言っているんだな？」

「いまは、わかりませんよ。会って確かめたい。そういうことなんです」

「俺は知らん」

久納満の声は、水中に聞えるのを恐れてでもいるように、低く小さかった。

「山崎を、捜せる人間が、ひとりだけいるな。そいつなら、捜せる」

「誰です？」

「教えない。いくらかは、気を持たせてやろう。俺は、今朝からずっと魚に気を持たされっ放しだ。おまえらに気を持たせるのが、いい気分でもある」

「須田さんは」

若月が、私を押しのけるようにして前へ出た。

「いなくなっちまったんですよ。消えたんです。死んでるかもしれない。須田さんから手《た》繰《ぐ》るのは無理な話なんです」

「いなくなったというと」

「どういうことか、社長が考えてくださいよ。須田さんの性格も、山崎との関係も御存知《ごぞんじ》でしょうから」

「そういうことか」

「何人か、死んでます。見つかっただけでも、数人です。そのどれかには、間違いなく須田さんは関係してます」

「また、けだものになったか、須田は」

また、という言い方が、私の肚《はら》に響いた。あの男は、過去に何度かけだものだったことがある、ということか。

「見つけられません。屍体《したい》でないかぎり、須田さんを見つけ出すことはできないと思います」

「見つけ出すしかないな。須田には、一緒に暮している女がいるだろう」

「知りませんよ。美知代《みちよ》さんが、知ってるとは思えません。須田さんは、女になにか言うような人じゃありませんからね」

「山崎の、親父《おやじ》を知っておるか?」

「いえ」

「東京で、十年ばかり仕事をさせたことがある。山崎も須田も、まだ小学生だった。小学生から、中学生になるころだったな」

若月が、問いかけるような眼《め》を、私にむけてきた。私も、山崎の親父の話など聞いたことがなかった。久納満は、相変らず浮きを見つめているだけだ。

「そのころ、女を作ってな。ひとりで行かせた俺も、悪かったのだろう。その女が、結核かなにかで死んだ。女の子がひとりいてな」

「それが」

「俺に言えるのは、そこまでだ」

須田と一緒に暮している、美知代という女が、山崎の腹違いの妹ということになるのか。その女のことは、若月が知っていそうだった。

「どうしようもないんで、うちが下働きにでも使おうかと思って、育ててやった。いい娘になったころ、馬鹿が手をつけた。それで、追い出したよ。俺が社長を譲らんのは、ああいう馬鹿に任せられんと思っているからだ。あれに任せりゃ、弟に潰《つぶ》される」

「街には、いたんですね」

「出ていって、どうやって生きる。街にいることは許してやったが、子供は堕《おろ》させた」

主筋《しゆすじ》などという言い方を、群秋生がしていたことを、私は思い出した。

須田は、主筋にあたる家の息子が手をつけた女と、一緒に暮しているのか。

「わかりました」

「そっちの若いのも、わかったな。そろそろ、釣りに集中させてくれ。俺が狙っている魚は、今日はもう現われんだろうが、ほかの鮒でも釣って帰りたい」

若月が、ちょっと頭を下げた。

私はそのまま、久納満に背をむけた。

「濁った水だ」

車に戻って、私は言った。

「ここの池の水は、濁って腐りかけている」

「そうでもないさ。ひとかどの男だよ、ありゃ」

「なにが、下働きのために育ててやっただ。どうかしてるぜ。こんな街、姫島の爺さんが言うように、地上から消えちまえばいい」

「似てると思った、俺は」

「ホテル・カルタヘーナのオーナーは?」

「あんまり、喋ったことはない。忍さんは、腹違いの弟だって話だから、忍さんとも兄弟ということになる」

私は笑い出した。若月が、車を出す。

「姫島の爺さんの方が、ずっと上だな」

「どうかな」

「久納満には、どこか本物じゃないものを感じるよ、俺は。なんだかんだと言いながら、思わせぶりの手がかりだけは、ちゃんと教えた。それでも、自分はなにも喋らなかったと思っていられる男だよ、あいつは」

「いや、似てる。姫島の爺さんと、似てる」

「どうでもいい、そんなことは。それより、美知代という女がどこにいるのか、おまえ知ってるんだろうな？」

「知ってる」

「そこへ行くんだな？」

「おまえを、連れていくべきかどうか、迷ってるよ」

「汚い手は使わない。虫が好かないやつだが、それだけは思ってるぜ、ソルティ」

「俺が、優勢だ」

「五分五分さ」

「美知代さんは、おまえが何を訊いても喋りはせんぜ。その分、俺が優勢だ」

「怒らせるなよ、俺を」

「そんな面倒なことは、したくないね。知っていることを、ひとつ教えてくれるだけでいい」

　私は、煙草をくわえた。

　若月の運転は、来る時ほど荒っぽくはなかった。それでも、時々車は跳ねて、二度火をつけそこなった。

「藤建の、大室って社長が、マンションから落ちた」

「自殺、と警察じゃ言ってるな」

「まさか、おまえはそれを信じちゃいないだろうな。俺は、大室を締めあげて、久納満の名前を吐かせた。死ぬ、数分か、せいぜい十分前だ」

若月が、私に眼をくれた。私は煙を吐き、久納満のものらしい山に、まだ長い煙草を捨てた。

「その時、須田さんが一緒だった。俺は、大室のマンションの屋上に、二人を残してきたんだ」

もう一度、若月が私に眼をくれた。

「知ってることは、教えたぜ、ソルティ」

「わかった」

「それ以上でもそれ以下でもない。俺が知ってることはな」

「案外に、くどい男だな、おまえ」

「虫が好かないやつさ、おまえも」

コーナーで、若月が車を振り回した。その前に、私は座席の前のハンドレールを摑んでいたので、躰のどこもぶっつけはしなかった。

22　花束

生花の匂《にお》いに満ちていた。青臭いような、息が詰まりそうな匂いだ。

小さな花屋だった。『エミリー』という、バーのような名前の店だ。

女がひとり、ガラスのケースの前に腰を降ろしていた。入ってきた若月に、じっと視線をむけてくる。

「死んだんでしょう？」

「えっ」

「あの人が死んだんで、知らせにきたのよね。若月さん」

この女が、美知代だった。笑っても、あまり明るい感じにはならないだろう、という程度の印象しかなかった。

「まだ、死んでませんよ」

若月が言った。まだ、というところが、かすかにアクセントが強かった。

「須田さんがなにをしようとしているのか、美知代さんは知ってるんですか？」

「知るわけないでしょう。そんなことを、女に言う人じゃないわ。でも、見てればわかる。そんなものよ。ああ、死ぬ気になってるな、とわかってしまうの」

「黙ってるんですか、それでも」

「止めて、止められるような男でもないし」

「そうですよね。まったくひどい男に惚《ほ》れたもんだ、と思いますよ。ただし、今度だけは、多分美知代さんも関係があります」

「あたしに？」

若月は、ガラスケースの中のカーネェションにちょっと指で触れた。ガラスケースは半分戸が開いているが、内部は温度調節がしてあるようだ。若月が、開いている戸を閉めた。

私は、煙草を喫《す》おうかどうか迷っていた。ブリキの灰皿はあるが、吸殻はひとつも入っていない。

「こいつは、波崎了と言います」

私は、軽く頭を下げた。

「こいつが、山崎進一という男を捜しにこの街に来たのが、発端でしてね。こいつが、いろんなことを起こしたんじゃない。大したことはやりませんでしたが、ほかでかなり大変なことになっちまった」

「そうなの」

「山崎進一って、須田さんとどういう関係なのかな？」

「幼馴染《おさななじみ》よ」

「それだけですか？」

「それ以上、なにか必要なの？」

「殺されますよ、須田さん」

美知代の表情が、ちょっと歪《ゆが》んだ。ここの話は、若月に任せておいた方がよさそうだ、と私は思った。当然だが、美知代のことは私より知っている。

「幼馴染ってだけで、命を賭《か》けるかな」

「そういう男よ」

「美知代さんに、力を貸してくれってわけにゃいかないですね。美知代さんとは、幼馴染でもなんでもないいんだろうから」

美知代は答えなかった。

「山崎って男についちゃ、俺はどうでもいいんです。須田さんを、死なせたくない。いままで生きていたのが不思議なほどの人だけど、いままでは生きてたんだから、これからも生きて貰いたいんです、俺は」

私は、とうとう煙草に火をつけた。店じゅうの花々が、一斉に私に非難の声を浴びせているような感じにとらわれながら、私は煙を吐いた。

「山崎は」

「山崎と美知代さんの関係なんか、どうでもいいんです。二人がいる場所を思いついたら、教えてくれるだけでいい。そう思ってここへ来たんです」

「わからないわ」

「時間と、競争してます」

「でも、わからない」

「波崎は、街じゅうを捜し回り、山崎有子にもつきまとったりしてました。もう、街の中じゃ捜すところがないと思ってるでしょう。街の中に隠れるにも、危険すぎますしね」

若月が、苛立《いらだ》ったように頭を掻《か》きむしった。それが芝居なのかどうか、私にもよくわからなかった。

「須田さん、ほんとに何も言ってませんでしたか？」

「なにも」

「幼馴染が、隠れるような場所も知りませんか。たとえば洞穴とか、森の中の小屋とか、人目に触れないところを、秘密の隠れ家なんかにしたりするじゃないですか」

「ちょっと、待って」

「思い当たることがなにか？」

「いま、考えてるのよ」

私は、ブリキの灰皿で煙草を消した。煙は、店の外に流れたようだ。

「あの人が、あたしの生甲斐《いきがい》よ。誰がなんと言おうと、あたしの命なの」

「わかってます。須田さんも、そう考えてるかもしれない。それでも、命を投げ出すような真似《まね》を、平気でしちまうんだ」

「山崎進一は、私の兄よ。母は違うけど」

「そうなんですか」

知らなかった、というような表情を、若月はしていた。

「なら、美知代さんが一番知ってるな。山崎進一が隠れてて、それを須田さんだけが捜せる。そういう場所が知りたいんです。須田さんも、ずっと山崎を捜し続けているんだろうから」

「考えてるのよ、若月さん。でも、頭が混乱してる」

「山崎は、この街へ逃げてきたんです。どこにも行くところがないから、ここへ来たんです」

「神前川」

「えっ、川ですか。神前亭じゃないんですね？」

「あたしと須田が一緒に暮すと決めた時、兄がひどく怒ったの。なんで結婚しないのかってね。あたしは籍なんかどうでもいいと思ったけど、兄は許せなかったみたい。孤児みたいなものだったの、あたし。いろんな事情があったけど、そういうことなの」

「それと神前川と、どういう関係が？」

「殴り合いをしたわ。須田が、そう言ってた。兄と殴り合いをしたって。それが、神前川のどこかよ」

「神前川のどこかったって、長いですよ。一級河川だもんな」

「砂利があって、そのほかは岩だらけで」

「そんなところに、隠れられますか？」

「わからない。あたしが須田と兄のことで思いつく場所は、そこだけ」

美知代は、額に汗をかいていた。懸命に考えているのだろう、と私は思った。

「山崎が、美知代さんのところに潜伏している、ということはないでしょうね」

「ないわ。兄が戻ってきてるって話も、いまはじめて聞いた」

若月が、ちょっと私に眼をくれた。そこを捜してみるしかない、と言っているような感じだった。

「薔薇《ばら》を、五本ばかりいただけませんか」

私は、もう一本煙草をくわえながら言った。

「薔薇？」

「いけませんか？」

「花束を、作るんですか？」

「そうしてください」

「なんだよ、おまえ。いきなり花束もないだろうが」

「この人は花屋さんなんだから、花をいじってる時が、一番落ち着くはずだ。花束を作りながら、もうちょっと考えて貰おう」

人は、自分にとって印象深いことを、まず思い出す。美知代にとっては、須田と山崎の殴り合いがそうなのだろう。しかし須田にとっては、別のことが印象深いかもしれないのだ。

「どんなことでもいい。花束を作りながら、考えてくれませんか?」

「花束は、作りますけど」

美知代が、椅子から腰をあげた。

何色とも言わなかったが、当然のように赤い薔薇を選んでいる。

私は、できるだけガラスケースから離れて、煙草に火をつけた。

「山の家」

花束を作る手を止めて、美知代が言った。

「前に、須田が言ってたことがある。老いぼれたら、山の中で暮そうって。兄の家があるから、それを売って貰えばいいって」

「別荘ってわけじゃないでしょう」

「もう、崩れかかった家よ。よく知らないけど、父の家だったらしいわ。兄は、街の中の家を買ったけど」

「それがどこか、美知代さん知ってるんですか？」

「知らない。父の持物というだけで、あたしは関心も持たなかった。それに、須田は気紛れでそんなことを言ったと思ったし。山の中でひっそりと暮すなんて、できる人じゃないでしょう？」

「そうだな。でも、そういう家があるにはあるんですね」

「須田が言ったことが、ほんとだとしたら」

「調べようがないな。親父さんは、いつまでそこに住んでたんですか？」

「それが、父も放り出した家だという話だったけど、それ以上はなにも言わなかった」

「わかりました」

美知代が、また手を動かしはじめた。ほとんど無意識に、手は動いているようだった。

「場所は、やっぱりわからない。父が亡くなったあとに、それが兄のものになったのかどうかも、わからない」

「いいですよ、もう」

私は言った。花束の代金を、美知代は受け取ろうとしなかった。

車に戻ると、若月はしばらく考えこんでいた。

「俺は、久納満がやっぱり好きになれんな。美知代さんを息子が犯して孕《はら》ませた。まるで息子の恥のように言ってたが、美知代さんのことを俺たちに喋ったってだけのことじゃないか。違うか、ソルティ」

「そう言えば言えるが」

「久納満なら、その家のことを知ってるだろう。そして、条件次第では言うな」

「条件とは？」

「命と引き換え」

「ちょっと待てよ、波崎」

「この街じゃ、久納一族はやりたい放題なんだろうが、それはまわりのやつらが悪いからでもあるんだぜ。締めあげる時は、遠慮なくやった方がいい」

「危険すぎる」

「昔の殿様かなにかは知らないが、張子の虎《とら》みたいなもんだろう」

「そんなに、甘くはない」

私は煙草に火をつけた。膝《ひざ》の上の花束が、また煙を吹きかけられることになった。

「久納一族の誰かなら、知ってるだろう。姫島の爺さんのところへ、行ってみるか」

「待てよ。忍さんなら、多分知ってる」

「なるほどね。確かに知っていそうだ」

若月が、携帯電話を出した。オフィスと連絡をとっているらしい。

「群先生のとこだ」

若月が言い、車を出した。

「そうか、花束が無駄にならずに済んだ」

「なんだ、それは？」

「おまえにゃ、関係ない」

「あそこに、犬がいる。黄金丸っていう犬だがな。犬にでも贈れよ」

黄色の信号に、若月が突っこんでいった。

23　知性

黄金丸は、鎖で繋《つな》がれていた。

勿論《もちろん》、私は黄金丸に花束をやったりはしなかった。しゃがみこみ、しばらく睨み合っただけだ。半端な睨み方はしなかった。殺すぞ、という思いをこめて睨んだ。黄金丸は、尻《しっ》尾《ぽ》も振らず、眼もそらさなかった。

私が花を贈ったのは、玲子にだ。

馴《な》れていないのか、玲子はひどくびっくりした表情で私を見、頬《ほお》を赤らめながらも、ちょっと怒った素ぶりを見せた。

「なんの真似だよ、おい」

呆《あき》れて、若月が言う。

「彼女に、魅《ひ》かれた」

私が答えた時、すでに玲子は部屋から出ていた。

「わかってるのか、なにやってるか？」

「小説家志望だから、別れたら小説で書かれちまうかもしれないいな」

「ほかに、やることがあるだろう」

「彼女には、事のついでに買った花束を、たまたま貰ってもらっただけだ、と言っておくよ」

「まあ、そのままの方がいいさ」

若月が煙草に火をつけた。

「若い連中は、みんな眩《まぶ》しい眼で彼女を見てる。おまえは、どうも眩しささえ感じないようだな」

「眼をつぶっても、行きたい方へ行っちまうタイプでね。それでずいぶん痛い目も見たが、きわどいところを擦り抜けることもできた」

私たちが通されているのは、ゲーム室だった。私は壁のキューを取り、玉を撞《つ》きはじめた。そばに立って、若月が眺めている。

「エイトボールを、コーナーポケットだ。やってみな」

クッションをひとつ使えば、さほど難しいショットではなかった。私は構え、すぐにキューを突き出した。クッションした手玉が黒い八番ボールを押し、コーナーポケットに落とした。

「いい腕だ」

「なにかを賭けないかぎり、俺は勝負はしないぞ、ソルティ」

「いまのショットを見ていたら、勝負をしようという気にはなれんね」

山瀬夫人が、コーヒーを運んできた。早朝から動き回っているが、もう十一時近くになっていた。なにか腹に入れたいと思ったが、そこまで言うこともできなかった。

しばらくして、忍が入ってきた。

「いい若い者が、朝っぱらからこんなところで油を売っているのか」

「忍さんを、待ってたんですよ」

若月が言った。私は、壁際の椅子に腰を降ろして、コーヒーを啜《すす》っていた。

若月は、かなり詳しく事の経緯を説明している。忍は、ビリヤード台に尻《しり》を半分載せ、腕組みをして聞いていた。

「山崎進一の親父は、確かに山の中に家を持ってたよ。それがどうなったかは知らん。多分、返したんだろう」

「返したって？」

「土地は、すべて久納家のものだ。特に山の方はな」

「借地に家を建ててたってことですか？」

「というより、古くからの家を貰ったんだろう。山崎の親父は、久納満社長のために、大きな働きをしたからな」

「どこだか、教えてください」

「須田を助けるためにか？」

忍と須田の関係は、あまり良好ではなさそうだった。

「久納満社長を助けることも、俺はしたくない」

「姫島の爺さんは？」

腰をあげ、私は言った。

「姫島の爺さんは、忍さんになんとかしろと言ってたじゃないですか」

「おまえにゃ、関係ない」

「ありますよ。最初の時に、ソルティが忍さんに説明し、忍さんは任せると言ってたような気がしますがね。そのソルティが、須田さんを死なせまいとしてるんです」

「わかったよ。しかしあんなところに、須田も山崎もいるわけはない」

「いるかいないかを、忍さんに訊いてるわけじゃありません」

「いちいち気に障ることを言う男だな、おまえ。ソルティと似てるぞ」

忍は、ビリヤード台から腰を降ろした。

「矢部《やべ》村から、奥へ道が一本ある。行き止まりが、その家だ。俺は何年も行ってないがね。わかったな、ソルティ」

若月が、ちょっと頭を下げた。忍は、私の方を見もせずに出ていった。

「兄弟の確執の間で、ずっと苦労してきた。ひどい目にも遭った。つらいんだろうと思う。それで、ホテル・カルタヘーナの社長だけをやってればいい、と考えるようになった。なにもかも、面倒で、煩《わずら》わしいんだ」

「しかし、忍さんも無関係で通過するってわけにはいかないだろう」

「悪い人じゃない。バランスがとれてるし、毅然《きぜん》としているし、下の者にやさしいところも、おおらかなところもある。それを、おまえにわからせたいね」

「こんな街の人間のことなんか、わかりたくもない。俺は、山崎に会ったら、さっさとここを出ていくよ」

群秋生が、小さな紙片を読みながらゲーム室に入ってきた。

「いいセンスだが、センスだけだな」

群秋生は、紙片を見続けていた。十枚ほどで、細かい字で書いてあるが、まだ老眼鏡は必要としていないらしい。

「輝くものがない。暗さが、逆に鈍い輝きになる、ということもない」

群秋生は、紙片をビリヤード台の羅紗《ラシャ》の上で揃《そろ》えると、二つに折って脇《わき》のテーブルに置いた。

「三崎れい子の詩でね」

「ほう、作詞までやろうってんですか」

「それが、歌詞ではない。現代詩、つまり本格的な詩だ。忍さんは、いいと思っている気配だ。詩集でも出してやろうとしてるのかもしれん」

「そうですか」

「読んでみるか、ソルティ?」

「わかるわけありませんよ、俺に。それに、ほかの人間に見せてもいいんですか?」

「いろんな人間に読ませてみてくれ、というのが忍さんのリクエストだった。出版関係の人間を頭に置いていたんだろうが、やつらは商売しか頭にないしな」

「小野さんにでも、読ませた方がいいですよ。俺や波崎みたいな人間は、およそ詩なんてもんには縁がありませんから」

「波崎には、読ませる。これから昼めしだ。二人とも、一緒に食っていかんか?」

「俺は、事務所に戻ります。土曜だし、船は全部動いてますから、一応は顔を出しておかないと」

「じゃ、波崎だけか」

若月が、矢部村のさきにある家に、ひとりで行ってしまうかもしれない、と私は瞬間考えた。一時に迎えに来る、と若月は小声で言った。やはり私のポルシェではなく、若月のパジェロの方が、山に行くには適当だろう。

若月が、頭を下げて出ていった。

「久納満に会ったんだな、波崎」

群秋生が言った。私は軽く頷《うなず》いた。

「まあ、あんなふうに歳《とし》を取る男もいる。あれも悪くない、と俺は思うな」

群秋生は、紺のカシミアのセーターに、グレーのアスコットを巻いていた。フランス映画にでも出てきそうな、粋《いき》な身なりだ。

「うちの小野とは、どこまで行った？」

「どこへも、行ってませんね」

「小野は、まんざらでもなさそうだ。早いとこ押し倒せ。あいつが率直な言葉を出せないのは、処女膜が邪魔をしてるからだ」

「貸していただきたいんですが？」

「いつでも。なんなら、一生貸しててもいい」

「黄金丸ですよ」

群秋生が、私の方を見た。

「難しいな。犬を扱ったことは？」

「ありませんが、あいつとはやり合えそうな気がするんです。それに、黄金丸を服従させてみせる、と小野さんに言っちまいました」

「なるほど。そういう口説き方か」

「貸してください。先生が行けと言われれば、黄金丸はいやがったりしないでしょう」

「大怪我《おおけが》はさせるなよ。それに、怯《おび》える犬にもするな」

「わかってます」

私は、群秋生について、庭に出ていった。黄金丸が駈《か》け寄ってくる。

「コー、しばらくこの男についてろ」

人間に言うように、群秋生は黄金丸に言った。頭に手を置き、しばらくじっとしている。

それから、私の手をとって、黄金丸の頭に置かせた。

食事の仕度ができた、と山瀬夫人が呼びに来た。

「俺は、黄金丸と一緒に食いますよ」

「黄金丸に、昼食の習慣はない」

「そうですか」

仕方なく、私は群秋生について家に入った。

シェリーを一杯飲み、すぐに昼食がはじまった。どこの国の料理かはわからなかったが、悪くなかった。

「街が、また騒々しくなっているようだな」

「そうなんですか？」

「知らない連中が、二十人ばかり街に入ってきた、と忍さんが言ってた」

贅沢《ぜいたく》な昼食だが、こんな贅沢が生きることではないというように、群秋生は無感動な表情でナイフとフォークを使っている。

「迎え撃つ方も、気合が入っているらしいな。S市でぶつかり合えばいい、と忍さんは言ってた。そうなる可能性が高いだろうとも」

「俺は、男をひとり捜してるだけです。かつて友人だと思った男を。それだけです」

私と山崎の間に、特別な友情が生まれるようななにかが、あったわけではなかった。借金の取り立て稼業で、五年ほどライバル関係が続いた。その間に、助けたり助けられたりしたことはある。一匹狼《いっぴきおおかみ》同士でなんとなく気が合った。それでよく酒も飲んだ。時には、手強《てごわ》い競争相手に対して、連合を組むこともあった。山崎が裏切ったことは、一度もない。損をする時は一緒に損をしたし、儲《もう》けはきちんと折半した。

私がはじめようとしていた株の買占に、一枚加えろと言ってきたのは、山崎の方だった。山崎ならいい、と私は思った。

私と山崎は、二人で小さな会社を作り、狙った株の買占をはじめた。勿論、乗っ取れるほどの株は買えない。株主総会でキャスティングボートを握れるような株を狙って、五億程度、せいぜい八億の株をひそかに買い集めるのだ。

市場を攪乱《かくらん》して、売り抜けるような資金ではなかった。ただ、五億で買ったものを、六億で売るというようなやり方だった。

資金は、銀行が融資してくれた。借金の取り立ての過程で、銀行にとっては損失になる事実をいくつか摑んでいて、それが担保のようなものだった。

私たちの事業はまだ出発したばかりだったが、うまくいきそうだという予感はあった。たとえ五億にしろ、銀行融資が受けられることが大きかったのだ。

山崎が一億二千万、私が一億一千万、個人の金を注《つ》ぎこめるようになったのは、一年後のことだ。十五、六億あれば、と思える株がひとつあった。それで四億は儲けられる、と私は計算していた。

十五億の融資はひとつの銀行から受けることにし、私はとっておきのネタを出して、銀行と交渉をはじめようとしていた。

その時、山崎がそのネタを使い、個人で五億の融資を受けていることがわかったのだ。二人だけの会社にも、金はほとんど残っていなかった。

山崎は、よほど急いでなにかをやろうとしていたに違いなかった。十五億と踏んでいたのに、五億で手をうってしまったのだ。

山崎がなにをやったのか、よくわからなかった。私は散々捜し、山崎が逃亡していることを知ったのだった。

「かつて友人だと思っていた男を、信用できなくなった。かつての自分が信用できなくなったのと、同じだな」

「そうですね」

「それは、わかっているのか」

「理由が、知りたいんですよ。なぜ俺を裏切ったのかってね」

「理由がわかれば、納得できる程度か。大した友情ではないな、それは」

「言われている意味が、わかりません」

「納得しようと思うのは、友情じゃない」

不意に、須田の暗い表情が浮かんできた。理由などなにもわからなくても、須田は友情のために人を殺し、命も賭けようとしているということなのか。

「まあ、そんなことは俺には関係ない。小野とうまくやってくれることの方を、望むね」

「おかしいんですよ」

「なにが？」

「いつもと同じようには、いかないんです。どうも妙な具合でね」

「知性というバリヤーが、小野にはある。知性のないやつには、それは突き破りにくいものでね。ところが、実際に破ってみたら、知性ほど弱いバリヤーもないとわかる」

「野性で突き破れば、破れるってことですか」

「そんな大袈裟《おおげさ》なもんじゃない。知性なんてもんは、幻のバリヤーにすぎないってことさ」

「心しておきます」

玲子が、群秋生と一緒に食事をとる習慣はないようだった。

食後のコーヒーは断って、私は庭に出、黄金丸の首輪に綱をつけた。

門のところまで大人しくついてきたが、そこから出るのはいやがった。

「おまえの御主人様は、先生さ。ただ、二、三日は俺に付き合うんだ。いやだなんてことは言わせないぜ」

私は、無造作に黄金丸の頭に手を置いた。もう一度同じことを言い、歩きはじめると、悲しそうな眼差しをして黄金丸は付いてきた。

24 夜へ

矢部村は、街から一時間ほど走った山の中だった。そこからさらに十分ほど走ったところに、問題の家はあるらしい。

「街に、二十人ほど来たってな」

「S市へ行ってる。どうも、街を基地にしてなにかやるつもりだ。S市の芳林会は、下手をすると潰れるな」

山崎が踏み倒した借金は、半端なものではないだろう。借金というより、金を騙《だま》し取ったという感じになっている。

「芳林会は、本格的な殺し合いになって、何人ぐらいが残るんだ、ソルティ？」

「S市だけなら、十人。こっちの街を入れると三十人かな」

「本部は、S市だろう？」

「一年前から、支部が本部をしのぐようになった。危険な商売をやらないんだ。じっくりと、頭を使いながら力を蓄えてきた結果さ。本部の方も、藤建の大室と手を結んで、劣勢を一気に挽回《ばんかい》しようとしていたが」

「須田さんは、どういう役回りだ？」

「結局、本部を潰すということだろう。芳林会が、どこかの応援を受ければ、面白い勝負になりそうな気がする」

大室を殺《や》ったのが須田だと、最後までわからずに済むのか。二つの勢力がぶつかり合って、共倒れしてしまう。それしか、山崎が生きのびる道はないのか。

「須田さんがなにをやるにしろ、もうひと働きしなけりゃどうにもならんな。いまのままじゃ、膠着《こうちゃく》だろう」

「なにかやらせたがってるように聞えるぜ、波崎」

「俺は、須田さんが生きようと死のうと、どうでもいい。山崎さえ見つけられればな」

須田に、なにか感じるところはある。しかし、行きずりの街で出会った、行きずりの男にすぎない。私にとっては、若月も群秋生もそうだった。

後部座席では、黄金丸がうずくまっていた。若月にはかなり馴れているらしく、悲しげな眼はしなくなった。

「黄金丸を馴らして、どうする気なんだ、おまえ？」

「別に馴らすつもりはない。俺の言うことを聞かせたいだけさ。それに、海じゃわからんだろうが、山なら犬は役に立つ」

「気難しいやつさ。俺にも、ある程度以上は馴れようとしないんだ」

「馴らそうとするからさ。俺は、馴れて貰わなくてもいい。言うことを聞けばな」

農道のような道だが、村を出てからもずっと舗装路が続いていた。ところどころには、手入れした跡もある。

「ほんとうに廃屋かね、おい？」

「忍さんは、おかしなことを言ってたよな。あんなところにいるわけがないと。それで、なんとなく俺たちは廃屋だと思いこんだんじゃないかな、ソルティ」

この道なら、私のポルシェでも充分に走れそうだった。ワインディングでアップ・ダウンが多い分、運転は面白いかもしれない。

「おい、あれを見ろよ」

若月が言った。木立の間に、大きな建物が見えた。谷の際に建てられていて、景観もよさそうだ。

「ホテルだな、まるで。廃屋とは大違いだった」

「つまり、久納満の別荘かなにかだな。噂《うわさ》を聞いたことはなかったのか、ソルティ？」

「まったく」

「管理人もいるぜ、多分」

ここまで来た以上、行ってみるしかなかった。

門扉は閉じられていた。表札は出ていない。インターホンらしいものも見えなかった。

私は黄金丸を連れて、しばらく門の前に立っていた。

「電流が通ってるな、塀には。死んじまうほどじゃないが、かなりのダメージを受けそうだぜ」

黄金丸が、唸《うな》り声をあげた。玄関から、秋田犬を連れた老人が出てきた。

「山崎進一を、訪ねてきたんですがね」

「いないね、そんな人」

「ここにいる、と聞いたんですよ」

「誰に？」

「久納満とかいう爺さんに」

「馬鹿なことを、言うんじゃない」

老人は顔色が悪く、痩《や》せていて首が長く、鶴《つる》のような印象だった。秋田犬は、唸り声をあげて黄金丸を威嚇している。黄金丸は、大きな躰に圧倒されてもいなければ、怯えてもいなかった。

「とにかく、帰ってくれないかね。このあたりの山は、すべて私有地でね」

「わかったよ。ほんとにいないんだな」

私は言い、車に戻ろうとした。若月が私を止めようとする。構わず、私はパジェロに乗りこんだ。渋々という感じで、若月も戻ってくる。

「あの爺さん相手に、話すだけ無駄だ。下手すると、犬をけしかけられるぞ。それより、ソルティ、ちょっと手前に、谷へ降りる道らしいものがあったのに、気づいたか？」

「けもの道さ、ありゃ」

「調べてみるのに、大して時間はかからんよ。車の音は聞いているだろうから、ちょっと下まで降りて、歩いてあがってこよう」

若月が頷いた。一キロほど下り、エンジンを止めた。

「矢部村とは、連絡があると考えた方がいい。おまえここで、車をジャッキアップしてろよ」

「なんだと」

「矢部村は、なんとなく砦《とりで》って感じだ。あの館を護るためのな。村の人間だって、久納満の家来みたいなもんだろう。あの館と矢部村は、必ず連絡し合ってる。わかったな。俺は走る。戻ってくる前に村の連中が来たら、犬が逃げたと言ってくれ」

私は、走りはじめた。

すぐに、谷へ下りる小径《こみち》のところに着いた。飛び出した石を伝うようにして、駈け降りていく。せせらぎの音が、大きくなった。

小屋があった。半分朽ちかけていて、人の気配もない。せせらぎのすぐそばで、悪い場所ではなかった。

小屋の中を調べた。やはり、人がいた気配はない。足跡などもなかった。私は再び石を伝うようにして、道まで駈けあがった。さすがに、息が切れていた。

私が車に到着した時、下の方からエンジン音が聞えてきていた。若月は、パジェロの後輪をジャッキアップしている。

やってきたのは小型トラックが二台で、荷台にも二人ずつ乗っていた。

「パンクか」

ひとりが、荷台から飛び降りて言う。

「なんとか、修理したところさ。タイヤが坊主になりかかっていたんだ。あんたらは?」

「下の村の者さ」

「どこへ?」

「山の中で、切り出しをしているところがある。そこへ行く途中だ」

「もうちょっと早く来てくれてりゃ、手伝って貰えたのに」

私が言うと、男は笑いもせず荷台に飛び乗った。

ジャッキを収《しま》い、パジェロを出した。

「まったく、悪知恵が働くな、波崎」

「甘く見るなよ、俺を。それより、廃屋はあった。あれが、山崎の親父が貰ったものかどうかはわからんが。廃屋のままだ。最近、人が来た気配もない」

「まったくなしか」

今後、来る可能性がないとは言えない。それも、矢部村を通らなければ無理だ。

四時前には私は街へ戻り、神前亭で自分の車をピックアップした。

後部の荷物置きが、黄金丸にはいいスペースだった。

撃ち合いが起きた、という噂はまだ流れていなかった。なにか起きないかぎり、動きはひどく掴みにくかったし、起きてしまえばもう遅いのかもしれなかった。

須田と山崎の間には、なんらかの利害関係があるに違いない、と私は考えはじめていた。どんな利害関係が、人を殺し、自分の命を賭けることも肯《がえん》じさせるのか。

『スコーピオン』という店で、コーヒーを飲んだ。その間、ポルシェの助手席側の窓を数センチ開いていて、黄金丸が哮《ほ》えればわかるようにしておいた。

野中が飛びこんできたのは、五時過ぎだった。明らかに、若月を捜していた。

「待ちなよ、坊や」

野中がふりむいた。私を見て、表情が大きく変った。

「あんたがな。あんたが来なけりゃ、こんなことにはならなかった」

「こんなことってのは、どんなことだ？」

「とうとう、子供まで巻きこみやがって」

「広二が、どうかしたのか？」

「てめえがな」

いきなり、野中が拳《こぶし》を突き出してきた。一発目はかわしたが、二発目のボディは食らった。とっさに、私は肘《ひじ》で野中の顎を弾《はじ》いていた。倒れたところを、蹴《け》りつける。それでも、野中は跳ね起きてきた。

「やめなさい」

店の女主人だった。

「広二君が、どうかしたの？」

「いなくなりました」

身構えたまま、野中が言った。

「それが、このお客さんと、なにか関係があるの？」

「ずっと、広二を狙ってましたし」

「おい坊や。いい加減なことは言うな。俺は山崎進一を捜してた。いまも捜してる。その過程で、何度か家族にも接近したが、手を出したりはしなかった。いずれ家族をほんとに巻きこむことになる、と警告はしたが。いなくなったんだな、広二が。俺の言った通り、家族が巻きこまれちまったんだ」

「あんたは」

「俺は、関係ないさ。こんなことなら、はじめから広二を人質にとっておけばよかった。おまえやソルティは、広二や母親を俺から護ろうとはしたが、ほかの力からは護ろうとしなかった。それが、この結果だ」

店の女主人が、じっと私を見つめた。

「俺に殴りかかるなんて、お門違いもいいとこだぜ。ソルティも馬鹿だが、おまえも救いようのない馬鹿だ」

「あんたが来なきゃ、こんな騒ぎにゃならなかった」

「なったさ。もっと早くなった。山崎がこの街にいるかぎり、そうなったはずだ」

「広二君は、どこにいるかわかってないのね、野中君？」

「どうも、どこかに連絡が来たみたいです。芳林会の本部かどこかだと思うんですが。俺たちが知ったのは、あの忍さんが慌てていたからです」

「有子さんは？」

「半狂乱になったりはしちゃいません。落ち着いてます。ただ、うちのボスが見つからなくて」

「携帯電話は？」

「当然試しましたが、切られてます」

山崎に揺さぶりをかけている。広二を連れていったというからには、それ以外に考えられない。

「広二をガードしていたのは？」

私が言うと、野中がうつむいた。

「おまえか。おまえが、忍さんやソルティに言われて、ガードしてたんだな」

「ほんとなの、野中君？」

「今日は土曜で、うちの船は全部動いてるんです。俺が、『レディ・X』にいる間のことだったと思います。二人ばかり付けていたんですが、半殺しにされているのをさっき見つけました」

「攫《さら》われたのは、何時ごろだ？」

「三時ごろだった、とひとりが言ってます。みんな、二人が付いているものだと思って安心してましたから」

不意に、野中が泣きはじめた。

女主人が言った。

「うちの、塩辛坊やの居所がわからないわけね」

「殺されてる、ということも考えられるな。早朝から四時前まで、ずっと俺と一緒だった。殺されてるとしたら、そのあとだな」

野中が、涙で濡《ぬ》れた顔を私の方へむけてきた。

「そう簡単に、死ぬ玉じゃないのよ、あいつ。須田さんを見つけたのかもしれないわね」

「たった一時間ちょっとの間にか？」

「そうじゃなかったら、むこうから連絡してくるはずよ」

「ソルティを、信じてるってわけか」

「あたしの男よ、あの塩辛坊やは」

私は、肩を竦《すく》めた。

「とにかく、ここで待つことね」

野中も、かすかに頷いた。

私は、カウンターに座り直した。六時ちょっと前には、玲子も店へやってきた。

「おまえが、いま動かせる人数は？」

「八人」

野中が、低い声で答えた。

「みんな、バイク乗りだから、動きは悪くないですよ」

「待つのよ、ええと」

「波崎。波崎了」

「とにかく、ソルティは連絡してくるわ。なにも知らせてこないのは、それまで待ててってことよ」

玲子は、なにが起きたかわからない様子だった。女主人が、小声で説明している。

野中の携帯電話が鳴ったのは、七時五分だった。

「そうです」

野中が、叫ぶように言っている。それから、場所を言い、私と玲子の名前も言った。

「代れ、とボスが言ってます」

私に電話が差し出された。

「逃げてる。二台ばかり追いかけてきていて、振り切るのが難しそうだ」

若月が、場所を言った。

街のずっと西。S市とは反対側の位置だ。

「広二を取り返したが、逃げ切れん」

「俺のポルシェで行くまで、持ちこたえられるか？」

「やってみる」

いつでもバイクで走れるようにしておけ、と野中に言い、私は店を飛び出した。

須佐街道に出、そのまま西にむかって突っ走った。ポルシェのエンジンは、久しぶりに唸りをあげている。

海沿いの道。ヘッドライトが見えた。コーナーの多い道では、異常なスピードだ。百メートルほど後ろを、二台が追っている。

私は、スピンターンをし、車から飛び出した。

パジェロが、急停止した。フロントグラスに、穴があいているのがわかった。銃撃を受けたようだ。

若月が、車を楯《たて》にするようにして、拳銃を構えた。二発、続けて撃つ。

「広二は、『スコーピオン』に預けてくれ」

「彼女はまずいな。おまえの女だってことを知られてるだろうし」

「しかし」

「あの店に、小野玲子がいる。彼女なら、意外な盲点だ」

若月が、なにか言おうとした。私は、ポケットから拳銃を引き抜いて、六発続けて撃った。ヘッドライトが、突っこんでこようとしたからだ。

「いいな、小野玲子だ。とにかく、連れていく。おまえは、バイクの応援を呼べ」

私は、広二をポルシェの助手席に放りこみ、急発進した。

広二の表情が、硬直したように動かないのに気づいたのは、街に入ってからだ。

「心配はするな。おまえはもう助かった。おふくろも無事だ」

広二は返事をせず、後部の荷物置きで、黄金丸が低く哮えただけだった。

25　夜

広二を玲子のシルビアに乗せると、私はまたすぐに同じ道を引き返した。

街から出たところで、数台のバイクに護られたパジェロに出会った。

「小野さんを巻きこんで、よかったのか?」

若月が、飛び出してきて言った。

「彼女にも冒険が必要だ、と群秋生なら言うだろうよ。ところで、おまえはどうして広二を見つけた」

「偶然だった。俺はハーバーへ行く途中で、広二が乗った車を見つけたんだ。女が運転していた。見過しちまうとこだったよ。広二のような気がしたというだけで、ほかに怪しいところはなにもなかったんだからな。追いかけたのは、半分勘のようなものだった」

バイクの数人は、野中が指揮しているようだった。それは指揮という言葉がぴったりで、二人はしっかりと後方を見張っていた。

「二台、追ってきていたな」

「なかなかの連中だった。運転には自信があるんだが、振り切れなかった」

「はじめから、二台いたのか？」

「いや、追いかけはじめたら、いつの間にか二台になっていた。女が運転している車をあしらうのは、それほど難しくなかったがね。きわどいところで、広二を助け出せた」

若月は、拳銃をぶっ放していた。そんなものを持っていることが、私には意外だった。私も持っているが、それは奪ったものだ。若月の拳銃が、奪ったものではないということは、なんとなく見当がついた。

「派手に、やられたもんだ」

「走りながら拳銃を撃つ。映画みたいにうまくはいかないもんだ。それでもリアからフロントに撃ち抜かれた。風が通ると、実にすごい音がするもんだ」

「いい腕なんだろう。俺は六発撃ったが、一発も当たっていなかったような気がする。ちゃんと道路に立って撃ってだ」

私がどこで拳銃を手に入れたのか、若月は訊こうとしなかった。

「おまえのポルシェに乗せてくれ。俺のパジェロは、誰かに取りに来させる」

「S市へ、行くのか？」

「広二が攫われかけた。ひとつだけが、単独で起きたんじゃない、という気がする。人数から言ってもそうだ。S市じゃ、なにか起きてるか、これから起きるかだろう」

「俺とおまえは、捜している人間が違うぜ」

「須田さんを捜していると、捜すことと、山崎を捜すことは、すでに同じことだ。そうなっていると俺は思う」

銃撃を受けながら走ってきたにしては、若月は落ち着いていた。私は拳銃を突きつけられたことはあっても、撃たれたことはなかった。

「乗れよ」

私が言うと、若月は野中に素速く合図して、私の車の助手席に乗りこんだ。

「びっくりするなよ、コー。これからもっとひどいことになるぞ」

若月が、後ろの黄金丸に声をかけている。黄金丸は、運転席と助手席の間から前に顔を出してきた。私は、黄金丸の頭に一度手を置いた。

走りはじめると、若月はすぐに携帯電話を出した。『スコーピオン』の女主人と話しているようだ。やけに荒っぽい口調だった。メモも取っている。

「小野さんの、携帯電話の番号だ。いまかけてみるか?」

私の返事を待たず、若月は番号をプッシュしていた。それから、電話器を私に差し出す。

三回のコールで、玲子が出た。

「広二君は、とても怯えてるわ。まだ、ひと言も喋ろうとしてないの」

「事が終るまで、預ってくれないか。君のところは盲点で、だから広二も一番安全だと言える」

「成行だから、あたしが預ります。だけど、広二君を巻きこまなきゃならない理由が、どこにあるの?」

「むこうが、巻きこんできた。そうしたくはなかったが、なっちまったんだ」

「この番号か、あたしの部屋の番号にかけて。波崎さんに、あたしの部屋の番号は教えてなかったわね」

メモを取る用意をしろと、私は仕草で若月に合図した。

「こんな時じゃなく、君のプライベート・ナンバーを訊きたかったな」

「いまは、冗談を言ってる場合じゃないのよ」

「君まで巻きこんで、悪いと思ってる」

「それは、いいの。怪我なんかしないでね、波崎さん」

「予約をしておきたいな。怪我をしたら、看病してくれ。死んだら、泣いてくれ」

「広二君のことは、心配しないで。あたしがなんとかしてみるから」

私の冗談には取り合わず、玲子が言った。頼むとだけ言って、私は電話を切った。

「おまえ、小野さんを口説いてるのか。しかも、こんな時に」

若月は、後ろを気にしていた。追ってくる車はいない。すでにリスボン通りに入っていた。いま、玲子と広二がどこにいるのかは、訊くのを忘れていた。

「なにかあったら、『スコーピオン』の女主人のところが連絡場所でいいんだろう?」

「女主人とは古い言い方だな。永井《ながい》牧子《まきこ》という名がある」

「おまえに、正式に紹介されちゃいない」

「そんなことは、いやがる女さ。相手が気に入れば、自分で名乗る」

私は気に入られてはいない、ということを若月は言っているようだった。

車は、すでにリスボン通りに入っている。通勤帰りなのか、S市にむかう車は多かった。飛ばせはしない。渋滞はないので、飛ばすのとそれほど時間は変らないだろう。

「山崎は、広二が攫われかかったことは、知っているだろうか?」

「多分な。そして、助けられたことはまだ知らない」

広二のために山崎が動き、そして須田が動く。若月は、そう考えているのだろう。動いてさえくれれば、見つけられる可能性はある。

「山崎進一は、おまえになにをした？」

「大したことじゃない。恰好《かっこう》としては、俺から全財産を騙し取ったようなものだがね」

「それは、大したことだ」

「せいぜい、一億程度だ。いずれ、株の仕手戦ができるほどにはなろう、と俺たちは思っていた。少なくとも、俺はな。山崎が、俺から騙し取った金で儲けた、という事実はいまのところない。少なくとも、山崎個人は儲けてはいないな」

「同じように、金を騙し取られた人間がいるということになるのか」

「そいつらは、大したことだと考えているよ。いまの動きで、それはわかる」

「総額は？」

「それは、わからんね。二十億かもしれんし、二百億かもしれん」

「誰なんだか、わからないんだな？」

「組織か個人かもな。山崎は、俺とはまったく関係ないところで、ひそかに動いていたんだろう。そうとしか思えないんだ。投機のようなものだった、と俺はやられた直後に考えた。急がなければならない理由が、やつにはあったんだろう。眼の前の儲けをフイにしてまで、やつはそれをやってるんだから」

「急がなければならない、理由ってのは？」

「山崎自身の理由ではない、と俺はこの街に来てから感じはじめた。多分、それは間違っていないだろう」

「いま起きていることがなんなのか、俺もぼんやり見当がついてきた。まだヴェールがかかっているが、そろそろはっきりと見えそうな気もする」

トンネルに入った。

トンネルの中は照明がしてあって、前の車の色まではっきり見分けられる。

「山崎は、なぜ刑務所に入ってた？」

「よく知らんがね。なにしろ十年前のことだから。ただ、噂は聞いたことがある。東京で、誰かを助けるために人を殺した、というやつだったな。懲役四年で、三年で出ているわけだから、大したことじゃないだろう」

私は、山崎の前科がどういうものなのか、直接本人に訊いたことはなかった。前科があるのはたまたま逮捕されただけで、私より運が悪かったと考えていただけだった。

山崎の罪状が殺人だったと知ったのは、捜しはじめてからのことだ。

「誰かを助けるためにと言ったが、その誰かの見当はついてるんじゃないのか、ソルティ？」

「須田さんは、確かにその事件が起きたころ、東京にいたはずだよ」

あとのことは、なにもわからない。それで当然だ、という気もした。なにがあろうと、須田と山崎の間のことだ。

　S市の大通りに出ると、赤色回転灯を点滅させたパトカーが、三台走っていた。それに付いていくと、騒然とした雰囲気が漂いはじめてきた。舗道を走っている人の姿もある。

「芳林会の本部の方だ」

　言いながら、若月が窓ガラスを降ろし、走っているひとりに声をかけた。顔見知りがいたようだ。私は舗道のそばに車を停《と》めた。若月が飛び出していく。

　しばらくして、若月が駈け戻ってきた。

「芳林会の本部が、爆破された。かなり本格的な爆弾で、三人ばかり建物ごと吹っ飛んだみたいだ」

「連中だな」

「須田さんかもしれん」

「やり方が、派手すぎる」

　私は、屋上からロープを伝っていた、須田の姿を思い浮かべた。どう考えても、爆破というのは須田のやり方ではない。東京から山崎を追ってきた連中が、応援を得て攻撃をはじめたのだろう。

「どうする、波崎？」

「検問も厳しくなる。俺もおまえも拳銃を持ってるんで、ちょっとやばいな」

「しかし、須田さんはこの街のどこかだろう、と俺は思うんだ」

「待とう。目立たない場所を、おまえなら知ってるだろう」

「ある程度、動かせる人数もある。野中が、S市の族の頭だった。三年ばかり前のことだがね。須田さんの車が走り回ることになれば、かなり早い段階で摑めるはずだ。そうするかね？」

「俺と相談して、なんでも決めようって気になったのか、ソルティ」

「いまのところ、同じ船に乗ってる」

「ひとつだけ、はっきりさせておく。俺は山崎を捜していて、おまえは須田さんを捜している。どこかで分れる時が来るが、その時は俺は船を降りる」

「わかった」

「この街へなにをしに来たか、忘れる気はないんでね」

「しかし、よかった」

「なにが？」

「広二を、本格的に巻きこんでしまう前に救い出せた」

若月は、はじめから虫の好かない男だった。それがずっと続くかもしれないと思っていたが、一瞬だけ、私は若月を好きになった。

「姫島の爺さんは、ほっとしてるだろう」

「そんなことは、どうでもいい。子供を巻きこむことに、俺は耐えられなかった。そんなことは、許されるべきではない」

「巻きこむには、一番都合のいい存在ではあるぜ、ソルティ」

若月が言う通りに、私は車を走らせた。

車の修理工場だった。まだ明りはついていて、二人ばかりがリフトであげた車をいじっている。

そこで、黄金丸も車から降ろした。途中で買ってきたハンバーガーのひとつを、黄金丸にやった。牛乳は、同じパックから一緒に飲んだ。

「おまえが、なにを考えてるかよくわからん」

若月が、かすかに首を振る。

頻繁に、若月の携帯電話に連絡が入りはじめた。S市の隅々までバイクが走り回り、須田を捜しているらしい。

芳林会の動きも、爆破以上の動きも、いまのところ起きていないようだ。

「夜明けまでに、なにか決まりそうな気がするな」

事態は、確かに急激に動きはじめている。

私は、積んであるタイヤに腰を降ろし、車のサスチューンの作業を眺めていた。

十時を回ったころ、電話を受けた若月が腰をあげた。立ちあがったまま、なにかを叫んでいる。

「車だ。須田さんの車が、二台のベンツに追われているらしい」

「行こう」

私が車に乗ると、なにも言わなくても黄金丸は乗りこんできた。

「俺の言う通りに走れ。おまえの車だ。運転は任せる」

車を出した。

S市の中心街からはずれ、工場の多い一帯に入った。表示には、高速道路の入口が出ていたが、そこも通りすぎた。若月は、五分に一度、携帯電話のやり取りをしている。

「クラウンには、二人乗ってる。多分、山崎だろう」

「やっとか」

ついに、姿を捉《とら》えた。しかし、やったという気分にはならなかった。

クラウンは、細い道を走り回っているらしい。二台のベンツも、それに付いているようだ。

いい加減にしておけよ。私は心の中で呟《つぶや》いた。全部ぶちまけろ。そうすれば、また刑務所に行くことになっても、死ななくて済む。

私は、山崎に語りかけているのだった。

「ベンツ二台に、六人。追ってるのは、それだけだ」

「おまえの手下は、ソルティ？」

「手下じゃないが、十六人。ただし、危険なことはさせない。連絡をとりながら、遠くから見失わないようにしているだけだ。全員バイクさ」

「わかった」

ベンツ二台は、こちらで引き受ける覚悟をしろ、と若月は言っているのだ。指示する道は、幹線道路だけだった。山の方にむかっている、ということだけが、私にはわかった。

前方に、異常なスピードで突っ走っている車が見えた。それはすぐに消えた。若月は、電話で喋りっ放しだ。

「飛ばせ、波崎」

私はスロットルを踏みこんだ。速度計は二百を超えている。ミラーに、ライトが見えた。一台だけ。そう思った時、かなり引き離された二台のライトもミラーに入ってきた。三台が脇道に入っている間に、抜いたようだ。

「よし、落とせ。クラウンだけ、先にやる。追ってる連中を止めないかぎり、二人をどうしようもないからな」

確認したかった。クラウンに乗っているのが山崎なのかどうか、しっかりと自分の眼で見たかった。

私は急減速し、サイドブレーキを引いてスピンターンをした。ライトをハイビームにする。

突っ走ってくるクラウンの姿が、はっきりとライトの中に入った。山崎。助手席で、眩しそうに眼を細めていた。若月が、光の中に出て、両手でなにか合図した。次の瞬間、クラウンは走り去っていた。

若月が乗りこむ前に、私はギアをリバースに叩《たた》きこみ、フルスロットルを踏んだ。ニュートラルにして、急ハンドルを切る。それで、バックスピンターンになった。もう一度バックして、若月を拾う。

「ひとりで、追っていくのかと思った」

駈けこんできた若月が言う。

「もしそうだったら、ぶち殺してやろうと思っていた」

二台のベンツは、突然のポルシェの出現に警戒したのか、停止していた。

私も、車を道の真中に止めたままだ。二車線あり、その真中だった。

一台が、ゆっくりと走りはじめた。

「行くぜ」

私は言った。

ホイルスピンの音をあげながら、私はポルシェを急発進させた。

26　夜明け

二百キロほどで突っ走ったが、前方にクラウンの姿はなかった。途中で、横道にそれたようだ。

二台のベンツは、執拗《しつよう》に追ってくる。すでに山の中だった。

「はじめに断っておくが、俺はこのポルシェを乗り捨てるつもりはない。ぶっつけて傷だらけにするつもりもな。いいな、ソルティ」

「ケチな野郎だよ」

「いまのところ、これが全財産でね」

「腕がいい。ベンツよりずっと速く走れるようだし、山の中で振り切ろう」

「いや、二台とも潰《つぶ》す」

「どうやって？」

「それは、走りながら考えるさ」

ライトが迫ってきた。道の両脇《りょうわき》は雑木林で、ほかの車の姿はない。もうだいぶ前から、同じ状態が続いていた。ベンツにはバックスピンターンを見せただけで、ドリフトさえも見せてはいなかった。ただ、飛ばしているだけだ。

「この先が、ワインディングになる。オートバイの連中の、練習場みたいなところだ」

「そこだな」

「気をつけろ。あっちもいい腕だ」

「自分の車を、そう簡単に潰せると思うか」

不意に、銃声が追ってきた。狙《ねら》いははずれているが、私は大きくジグザグを切りながら運転した。距離が詰められてくる。

「前のコーナーがどれくらいの角度か、わかるか、ソルティ？」

「前のやつは、緩い」

高速のまま、突っこんでいった。ベンツも付いてくる。ハイビームの光が、瞬間、車内を貫いていった。

「次はブラインドだ。そしてきついぞ」

「どれぐらい？」

「30R。そんなもんだ」

「レースを、やったことがあるのか、ソルティ？」

「草レースだがね」

コーナーが迫ってきた。私は二段ギアを落とし、外から内につけるようにラインを取った。テイルを振りそうになるが、小刻みにカウンターを当てて押さえこむ。

ベンツは、少し遅れていたが、果敢に突っこんできていた。

「いまぐらいのコーナーが、この先にもあるのか?」

「もっときつい、ヘアピンがある」

「ヘアピンじゃ駄目だ。ブラインドのきついコーナーでも、せいぜい40R」

「ある。とにかくヘアピンを抜けろ」

ヘアピンは、角度が測りやすい。道路の凸面鏡に、コーナーに突っこむ時に道が全部映っていたら、ヘアピンということだ。周囲に明りがないので見にくいが、相手のベンツにはこちらのテイルランプが見えている。

ヘアピンを、慎重に減速して回った。ベンツが距離を詰めてくる。すぐに、次のコーナーに入った。山は深く、左側は谷だった。

それから三つ、慎重にコーナーを抜けた。

「いまのコーナーじゃなかったのか、ソルティ?」

「この先に、勾配《こうばい》がもっと緩いコーナーがある。あまり登ってない方がいいんだろう」

「そうだ」

「ちょっと、下り気味のブラインドだ。お誂《あつら》えむきだぜ」

私が何をやろうとしているか、若月は読んでいるようだった。

勾配が、緩くなってきた。私は四速でスロットルを踏みこんだ。ベンツも、加速してくる。追ってくる二台の間に、あまり距離はないようだった。

「この先だ。40Rぐらい。コーナーの途中から、下りになってる」

「用意してろ」

私は、ほとんど減速せずにコーナーに突っこみ、早目にカウンターを当てた。テイルが滑りはじめたのはその直後だったが、私はスロットルを強弱をつけながら踏み続けていた。車体は、完全に横になっている。

コーナーの出際で、私は車をアウトではなくインに持っていき、さらにスロットルを踏みこんだ。スピンする。反対むきになった状態で、うまく押さえこめた。停《と》める。停まる前に、若月は飛び出していた。

サイドブレーキを引き、私も飛び出した。ベンツ。カウンターを当て、車体を横にしながらコーナーを出てくる。いい腕だ。しかし運転者は、前方のポルシェを捉《とら》えたはずだ。スロットルを閉じたのが、はっきりわかった。銃撃。若月だった。ベンツがスピンをはじめる。そこへ、もう一台が出てきた。後ろのベンツは、慌ててブレーキを踏んだ。独楽《こま》のようにスピンしながら、前のベンツの横っ腹にテイルをぶっつけ、その反動でガードレールにぶつかり、横倒しになりながら乗り越えた。逆様になった状態で、斜面を滑り落ちていく。木が薙《な》ぎ倒される音がする。回転したようだ。それから、小石の転げ落ちる音しか聞えなくなった。

「降りろ」

若月が、もう一台のベンツに拳銃《けんじゅう》をむけていた。助手席の男の方は、シートベルトをしていなくて、頭から血を流して気を失っている。その血の色も、ポルシェのライトの中ではっきりと見えた。

運転席の男が、両手をあげてゆっくりと出た。私は、道端の藪《やぶ》の中から見ていた。若月が、男の躰《からだ》を探る。それから、腰を降ろさせる。

「誰を、追ってた？」

若月の声は、光の中で反響し、闇《やみ》に吸いこまれるように消えていく。

「山崎だ」

「もうひとり、乗ってたろう」

「それは、よく知らない男だ。山崎と一緒に出てきた」

「山崎は、なんで出てきた？」

「子供を攫《さら》った。ここで逃がしても、山崎はまた出てくる」

「出てくるのを、待つだけじゃないだろう？」

「山崎は、捕えなきゃならない。それで、久納寧《やすし》と交渉する」

「山崎の身柄を、久納寧がいくらで買うと思ってるんだ」

「身柄は売らない。山崎を締めあげることで、久納は五、六年刑務所に行かなければならなくなる。その時間を、久納がいくらで買うかってことなんだ」

「山崎は、久納のためにいろいろ動いていたのか?」

「馬鹿な男だよ。十八億の穴埋めをした。久納は、六十億の先物取引に失敗して、十八億の穴をあけたんだ。そして、山崎はわれわれを騙《だま》して金を調達しようとした」

私は、藪のかげに隠れたまま、じっとしていた。斜面を転がり落ちた車から、誰かが這《は》い登ってくる可能性もある。

「われわれは、十五億貸し出した。日本の資本ではないぞ。やくざ組織などとは、関係ない。山崎は、騙しても危険が少ない相手だと思ったんだろう。その時、われわれはすでに久納寧の調査ファイルも手にしていた。久納寧の資産を計算した上で、金を出した」

喋《しゃべ》りすぎる。いくら拳銃を突きつけられているからといって、喋りすぎている。

助手席の男。かすかに、首が動いた。失神から回復したのではない。はじめから、気を失ってはいなかった。

「もう、山崎は見つけられない。子供も取り戻したしな」

「最後には、行く場所はわかってる」

また、助手席の男の頭が動いた。私は、拳銃の撃鉄を起こした。私のところから、助手席の男はほぼ真横になる。弾《はじ》かれたように、助手席の男の躰が動いた。私は引金を絞っていた。唖然《あぜん》として、若月がふりむく。

助手席の男の、肩甲骨のあたりが血に染っている。肩の骨を砕いたようだ。今度こそ、失神していた。

「後ろを見ない男だ。いつだって、後ろを見ない男だな」

「眼《め》はついてた。ふり返って撃とうとしていたところだった」

「まあ、そうだろうさ」

私は、しゃがみこんでいる男のそばに近づいた。

腿《もも》に、一発ぶちこむ。男がのけ反り、のたうち回った。もう一発、膝《ひざ》に撃ちこんだ。

「三十分で、死ぬぞ、おまえ。止血をすりゃ別だが、いま手を動かしたら、手も撃ち抜く。いいな。訊《き》くことに答えろ」

男は、まだ呻《うめ》いていた。全身に汗を滲《にじ》ませている。

「山崎が、最後に行く場所というのは、どこだ?」

男は手を動かそうとした。腿の血を止めようという気なのだ。私は蹴《け》りつけ、片手を踏んだ。男が呻く。

「暴れりゃ暴れるだけ、出血は激しくなる。俺たちは、三十分ぐらいは待てるぜ」

「矢部村だ」

「ほう、どうしてそんなところに?」

「久納寧を、この二日徹底的にマークした。やつは、矢部村の上にある別荘に籠《こも》ってる」

「なぜ、すぐにそこを襲わない？」

「久納と山崎は、かたちの上では無関係だ。襲えば、警察を呼ぶ可能性がある。だから、山崎にすべてを吐かせる必要があった。書類なども、持ってるはずだ」

「喋らんよ、山崎は」

ほんとうに、そんな気がした。

「もう、襲う。山崎の身柄を確保できなかったし、子供にも逃げられた。山崎も、多分あの別荘に逃げこむだろう」

「何人いる、おまえら？」

「二十二人」

「もう一度、山崎の家族を攫おうって気はないのか？」

「難しい。息子を攫うのも、難しかった。これから、警戒はもっと厳しくなるだろう」

「いつ、襲う？」

「それは、まだ決めていない。しかし、すぐだ」

「久納寧から、いくら取るつもりなんだ？」

「四十億」

「そりゃ、すごい額だ」

「久納寧にとっては、出せない額ではない。それも、調べあげた」

男の呼吸は苦しそうだった。額には、びっしょりと汗をかいている。

「最後は、力押しか」

「われわれの、流儀だ」

私は、男の手を踏んでいた足をあげた。男の手が、すぐに腿の付け根を締めるように動いた。

止血の方法は、頭に入っているようだ。

「ベルトでも使えよ」

言って、私は、自分のポルシェの方へ引き返した。若月が慌てて付いてくる。

「人間的なやり方ってやつを、知らない男だな」

「矢部村のことは、ああしなけりゃ喋らなかった」

「まあ、それは言える。しかし俺たちが行った時、中に久納寧がいたってことか」

「そいつが息子か、久納満の？」

「そうだ。四十近いが、いまだに大人になりきれん男さ」

突っ走った。このままでは、山の奥へむかうしかない。しかし、山崎と須田はこちらへ走ったのだ。

「このあたりの地理には、詳しいか、ソルティ？」

「ああ。あの別荘の裏の山に出る道が、あると思う。途中までしか、車では行けんよ」

「とにかく、行こう。ちょっと電話を貸してくれ」

私は、まず『スコーピオン』に電話を入れた。永井牧子が出た。

「群先生のところ。どうなってるか、心配してると思う」

私は電話を切り、群秋生の家の番号をプッシュした。

玲子の声が出た。

「俺だ」

「広二君は、やっと落ち着いてきたわ。でも、まだ、お父さんが、と言うだけ。時々、なにか思い出すらしくて、ふるえてる」

「親父《おやじ》は無事だ、いまのところな。そう言ってやれ。それから、群先生には迷惑がかかってないだろうな」

「先生から、家に来るように言われたの。なにかで、お知りになったみたい。あたしの車に電話が入ったわ」

「君は大丈夫なのか？」

「心配しないで」

「迷惑をかけてる、と思ってる」

「そんなことも、言わないで。緊張して吐いてしまったけど、いまは大丈夫だから」

「いずれ、埋合わせはするよ」

電話を切ると、若月がひったくるように取った。

野中らしい相手と、しばらくやり取りをしている。

「芳林会に、どこからか応援が来たらしい。二十人ばかり、いるそうだ。どうも、矢部村へ行くようだな。ワゴン車を用意してるというし。久納寧に呼ばれてるんだ」

「行くかな?」

「金に眼がくらむさ」

「じゃ、ぶつかるな」

「そういうことだ。ここから三キロほどさきに、林道がある。そこを入れ。行けるところまで、このボロ車で行くんだ」

若月が言った、ボロ車という言葉に、私はなにか言い返そうとしたが、若月は横をむいていた。空の様子を見ているようだ。

「夜明けまでに、矢部村に行ける」

若月は、まだ空を見ていた。

27 銃声

下りの道だった。

ずっと下りではなく、途中から登りになったりもする。

厄介なのは、道がいくつにも分れていることだった。若月も、およその方向しか知らず、方向通りに行けばいいというほど単純でもなかった。一時間の間に、二度ほど行き止まりになり引き返した。

「コー、おまえが連れていけ」

黄金丸に、私は言った。分れ道のところで、必ず立ち止まるのに気づいたからだ。

「川だ。いいか、水が流れているところだ。そこを伝っていく」

黄金丸に、通じたかどうかよくわからなかった。人間の勘で進むより、犬の勘で進んだ方がいいかもしれない、と思っただけだ。

山崎と須田が、私たちが入った林道に入っていないことは確かだった。車はなかったのだ。別の林道から行ったのか、それとも矢部村にはむかわなかったのか。

二時間歩いたころ、車の懐中電灯の電池が弱くなってきた。夜が明けてきそうな気配はあるが、足もとはよく見えなかった。

「なに考えてる。ソルティ？」

「この道でいいんだろうかって、考えてる。海の方向にむかえば、矢部村を通るはずなんだが」

「むかってはいるよな、海に」

「ひとつ山を違えれば、村から離れたところを通って海へ出る」

「理屈だが、もう歩き続けるしかないだろう」

「わかってる」

「あの林道についちゃ、やけに自信がありそうだったぜ」

「一度、来たことがある。茸採《きのこと》りってやつさ。それでも、こんな奥までは入らなかった。あの方向が矢部村だって、教えられただけなんだ」

「誰に？」

「それが、茸採りの案内をしてる爺《じい》さんにさ。案内人だってことしかわからん」

「なら、確かだろう」

「須田さんの車を捜した方がよかったかもしれん、と俺は思ってるよ」

「考えるな」

「そうだな」

「引き返すとしても、迷うに決まってる。こうなりゃ、賭《か》けみたいなもんだが、行くしかない」

「黄金丸は、群先生の家に帰ろうとしてるんじゃないかな」

「それは、あり得るが」

若月は、多分こういう状況が苦手なのだ。海の男で、海上ならどんなところも走れると言っても、海図はあるし航海計器もある。磁石すらなくて進むのを、本能的に恐れるのかもしれなかった。

霧のような雨が降っていた。だから、いつ夜が明けたのかわからなかった。いつの間にか、足もとが見えるようになっていたのだ。

速足にした。足もとが見えれば、這うように歩くこともない。黄金丸は、先行すると、私たちが追いつくまでしばらく待つことをくり返した。

「なにか、聞えなかったか？」

若月が言う。

「別に」

「車のエンジンのような気がした。一瞬だったが」

それきり、若月はなにも言わない。

霧雨でも、躰の芯《しん》まで濡《ぬ》れてきた。黄金丸が、時々ふり返る。道なのかどうかも、わからなくなった。むき出しの岩があり、そのために下草も生えないという感じなのだ。大雨の時は、ここを水が流れるのかもしれない、とも考えた。

「聞えた。気のせいじゃない」

若月が言った。私には聞えなかった。

斜面を、ほとんど駈《か》けるようにして降りていた。不意に、車のエンジン音が聞えた。

「俺にも、聞えたよ、ソルティ」

「だからって、あの別荘とはかぎらんな。山の中には、ほかの別荘もあるだろうし」

道が登りになった。やはり道らしくはなく、急勾配に、むき出しの岩が突き出しているだけだった。両側は、雑木林だ。耳を澄ませていたが、なにも聞えない。

「ソルティ、おまえ電話は？」

「さっきから、ずっと圏外の表示が出てる。山の中は微妙でね。一キロで感度がよくなることもあるんだが」

両側は山だ。山の頂上まで行けば、電波も届くのかもしれない。

「捨てちまえ、役立たずのボロ電話は」

「いずれ、通じるさ。いま通じたところで、俺たちの足で歩かなきゃならないことに、変りはないんだ」

雑木林の間の道。岩ばかりで、時には這うようにして登らなければならなかった。道なら、もう少しましな通り方をしていそうなものだ。

下りになった。緩い下りで、地面はほとんど下草で覆われた。霧雨がやむ気配はない。急な下りになった時、不意に水の流れる音が聞えてきた。それはすぐ近くに聞えたが、深い谷の底のようだった。

滑るようにして、そこを降りた。

水の中に入り、流れの中を歩いていく。両側は岩があって、流れを歩くのが一番楽そうだった。

「通じる」

若月が叫んだ。谷の底であるにもかかわらず、電話が届く圏内に入ったようだ。立ち止まった。動けば、すぐに圏外になってしまうかもしれない。

若月は、野中と喋りはじめた。短い受け答えをしているだけだ。

「矢部村に、芳林会の連中が十五、六人出かけたようだ。その連中は、別荘に行ったようだが、矢部村の人間が出て、一時道路を封鎖していた。それが解かれたので近づこうとしたら、水村が出てきたそうだ」

「水村が？」

「やつが、封鎖を解かせたらしい。村の男たちは、全員、家に籠っちまったみたいだ」

「追ってる連中を、素通りさせる気か？」

「もう矢部村に迫ってるそうだ。水村の意志は、姫島の爺さんの意志だからな。矢部村の人間を、両方のぶつかり合いに加わらせないということなんだろう」

「なるほど。それで、例の二人は？」

「姿はないそうだ。あれっきり、あのクラウンはどこにも現われていない。ひと晩じゅう、野中は捜し回ったようだが。それから、群先生のところへ、電話を入れてくれ。小野さんが話したがってるらしい」

　私は、電話を受け取った。黄金丸は、私を見あげたまま、進むのをやめている。

　玲子が出た。

「広二君が、やっと喋れるようになったの。あなたと喋りたがってるわ」

「代ってくれ」

　広二の声は、弱々しかった。

「友だちだって、言ってましたね」

「おまえとか、それとも父親とか？」

「両方と」

「言ったよな、確かに」

「父を助けてください」

「なぜ？」

「友だちだから」

「おまえの親父は、俺を裏切った。そんなやつを助けろってのか？」

「なにか、わけがあるかもしれないでしょ。それは、助けたあとで訊けるでしょ。このまま
まじゃ、父は殺されてしまいます」

「わかった」

「助けてくれますね」

「約束はできん。うまく会えるかどうかも、わからないんだ」

「会った時は、助けてください」

「わかったかしら、波崎さん？」

玲子の声に代った。

「しかし、なぜ俺に？」

「広二君、ひと晩じゅう、お父さんの話をしてたわ。はじめはうまく言葉が出てこなかったけど、少しずつ喋れるようになってきた」

「しかし、会ったこともない親父だろうが」

「会ったことがある、と彼は思ってるわ。小学校の三年と五年の時、学校の外で待ってた人がいたって。ほんのちょっと言葉を交わしただけらしいけど。一度は、お昼休みに、友だちに頼んで呼び出したみたい。いつも、急いでたのね」

「それで？」

「あなたが現われた時、なんとなくお父さんの現われ方と似ていたと、彼は感じたみたいなの。それで、喋ってもいいって気になったみたいよ」

「そうか」

「助けられる？」

「無茶を言うなよ」

「彼、もう一度お父さんと会いたがってる。小学生の時に会いに来たのが、ほんとうにお父さんだったのかどうか、知りたがってる」

「わかったよ」

「助けてくれるのね」

「できるかぎりのことは、やってみる」

電話を切った。

急ごう、という若月の声が聞えた。

私が歩きはじめると、黄金丸が水を蹴立てて走った。川の幅が、いくらか広くなった。水際を走れる場所が、かなりある。

「見ろ」

走りながら、私は叫んだ。前方の木の枝の間に、朽ちかけた家が見えた。

「この上が、別荘だ」

家の周囲に、足跡があった。それは、きのう私がつけたものではなかった。

「ここに来たんだ、二人は」

いくつかある煙草《たばこ》の吸殻のひとつを拾いあげ、私は言った。行こう、と言いかけて、私は言葉を呑《の》みこんだ。車のエンジン音が聞えている。

私は、若月と顔を見合わせた。車は、次々に上を通り過ぎていく。五台はいるようだ。

「いま出ていくと、おかしなところに飛び出していくことになりかねないな」

銃声が聞えているわけではない。それでも、頭上を張りつめた空気が覆っていた。

不意に、底力のある、連続的な射撃音が聞えてきた。

「自動小銃だ、あれは」

呟《つぶや》くように、若月が言う。射撃は一度だけで、二度目は起きなかった。濡れた髪から、頬《ほお》に水が流れ落ちてくる。その音が聞えるような気がした。じっと待った。

「いやな感じがするな。実にいやな感じだ」

「俺もだよ、ソルティ」

「自動小銃は、多分撃ってみせただけなんだろうな。一発も、反撃はしていない」

「待つしかないな。コップに水が溢《あふ》れそうに入ってる。そこに二人飛び出せば、水は溢れる。ここは、待つしかない」

「わかってる。しかし、須田さんは、降伏しないぜ。そういう男だ。一度はじめたら、最後までやる人だよ」

山崎は、どうするだろうか。二人とも、別荘の中に入ったのか。中には、久納寧がほんとうにいるのか。

待つ時間が長かった。躰が冷えきっていて、止めようと思っても小刻みにふるえる。

「自分が死ぬ時のことを、想像したことがあるか、波崎？」

「あるよ、ソルティ。何度もある」

「いつも、あっさり死ねたろう？」

「そうだな。死んだかどうかも気づかないようにして、死んじまう。そんなもんだろうとよく思った。だから、怕《こわ》がらなくてもいいってな」

「同じだ」

「ほんとは、違うな」

「いやというほど、死ぬと思い知らされてから、死んでいくって気がする」

「まったくだ。それでも、怕くないって気はする。面倒臭えって感じだ」

「俺もさ、波崎」

私は、煙草に火をつけた。あまり濡れてはいない。若月も手を出してきた。

「それにしても、須田さんは、なんでここまでやっちまうんだ、ソルティ」

「友だちだからだ、山崎が」

「そんなもんか」

「おまえ、友だちは？」

「山崎が友だちだ、と思った時期があった。しかし、もともとほんとの友だちなどできるはずがない、といまは思ってる。ひとりがいやなだけだってな。だから、須田さんがなぜあそこまでやるのか、俺は不思議だ」

「須田さんと山崎の間にゃ、いろいろあるじゃないか」

「それでも、あそこまではやらんよ。俺は、やらん」

「友だちのためというのが、自分のためと思える男がいる。須田さんは、そういうタイプの男さ」

「理解できんな」

「おまえも、山崎にこだわってる。なくした金にこだわってるんじゃなく、山崎という男にこだわってる。一度、友だちだと思った相手だからさ」

確かに、私はなくした金を取り戻せるとは考えていなかった。それでも、山崎と会うことにはこだわっていた。

「どこかで、理解してるよ、おまえは」

「だからって、命を投げ出そうとは思わん。自分のためなら、それをやるが」

「その場になってみなきゃ、わからないこともある」

煙草が短くなった。私はそれを、流れの中に捨てた。

「いいところだ。ここはまったくいい。老いぼれたらここで暮したいと、須田さんが考えたのもわかる気がする」

「老いぼれた時のことを考えていても、死のうと思えるのかな」

「俺は、老いぼれた時のことを、考えたことはないよ」

「俺もだな、ソルティ。老いぼれても生きてる自分の姿が、どうしても思い浮かばん」

それきり、私も若月も黙りこんだ。

しばらくして、車の音がした。私と若月は、立ったまま顔を上にむけた。霧雨が冷たく額を打った。

「引き揚げたのか」

「いや、違うな。つまり、追ってきた連中が引き揚げたんじゃない。いまのエンジン音、ちょっとちゃちだったと思わないか？」

「そうだな。ワゴン車だ」

「芳林会が、引き揚げた。もともと、根性のないのが集まったところだし、勝目はないと思ったんだろうよ」

「二人も、一緒に引き揚げたと思うか、ソルティ？」

「いや」

「しかし、なぜ？」

「久納一族に対する思いで、俺には理解できないものがある。時々、そういうものにぶつかっちまう」

「二人とも、久納寧を護《まも》るのか？　久納寧のために、死のうというのか？」

「個人のため、というんじゃないとも思える。ただ一族の名のために」

「よしてくれ」

「久納寧は、でき損いさ。それでも、久納一族の本家の長男だ」

「わからんよ。俺にはわからん」

不意に、一発だけ銃声が響いた。

いやな感じだった。撃ち合いなら、はじまったと思っただけだろう。

どういうことだ、という言葉ももう出てこなかった。

待った。いつまでも、一発の余韻が頭に残っていた。黄金丸が、何度か躰をふるわせた。

霧雨が、本降りになりはじめている。

28　霧雨

いきなりだった。

自動小銃と拳銃の音が交錯した。間違いなく、撃ち合いだった。

若月が、拳銃を出し、弾倉をフレームアウトさせて、装塡《そうてん》を確かめた。私も、空の薬莢《やっきょう》を捨て、新しい弾をこめた。

銃声は、自動小銃が圧倒的だった。しかし、確実に拳銃音も響いている。

「せいぜい二挺《ちょう》ぐらいだ、拳銃は」

「そうだな」

「自動小銃を派手にぶっ放してるってことは、狙ってはいないな。相手がよく見えていないから、あんな撃ち方をするんだ」

「待てよ。拳銃の音が途切れたぞ、ソルティ」

断続的に、自動小銃の音だけが続いていた。巨大な啄木鳥《きつつき》が、木を穿《うが》っているという感じだ。それも、思い出したように聞えるだけで、やがて途絶えた。

「やられたのかな」

若月は、なにも言わなかった。しばらく耳を澄ませる。

若月が、飛び出していこうとした。私は若月の腕を摑《つか》んだ。黄金丸が、上の道の方に顔をむけている。耳がぴんと立っていた。若月も、すぐにそれに気づいた。

真上で、銃声が起きた。拳銃。しばらくして、自動小銃の音が重なった。

「降りてくるぞ。誰か、降りてくる。撃つなよ、波崎。慌てて撃つな」

私も、まだ引金に指をかけてはいなかった。雨が本降りになっている。

「多人数じゃない」

若月が言った。

私は、上の道に通じる小径《こみち》の脇に位置をとった。足音。滑る音。はっきりと聞えてきた。

「動くな」

飛び出し、拳銃を突き出して、私は言った。二つの顔が、こちらにゆっくりとむいた。山崎と須田。私は、銃を降ろした。

二人の背後に回り、上に拳銃をむけた。すぐに追ってくる気配はない。二人が、滑るようにして下まで降りた。それを確かめてから、私も下へ降りた。

山崎が、私の方をじっと見つめてくる。私は、なにも言わなかった。

「二人とも、怪我《けが》してますね」

若月の声。

「二人ともひどい。背中から食らってる」

ようやく、私は座りこんだ二人に近づいた。出血はひどくないが、二人とも背中の真中に二、三発ずつ食らっていた。自動小銃だろう。

「横に、それてる。中まで、大してやられちゃいない」

須田は、喘《あえ》ぐように言った。

「進一の方がひどい。見てやれ」

「光《こう》ちゃん、俺は大丈夫だ。それより、すぐに行きたい」

「どこへ？」

私が言った。

「もうしばらく、待ってくれないか、波崎。俺の息子が、攫われてる。それだけは、なんとしても助け出したい」

「まだ、知らなかったのか」

山崎が、私を見つめてきた。

「なにがあった？」

「広二は、助け出した。あんたに会いたがってるよ」

山崎が、天を仰いだ。

「そうか。よかった」

「別荘には、ひとりいるだけですか？」

若月が言った。

「いや、ひとりもいない。生きている人間は、ひとりもいないよ。周到なやつらだった。電線も電話線も切ってる。携帯電話も、不意に使えなくなった。中継点で、なにかトラブルがあったんだろう。芳林会から来た連中は、それで怖気《おじけ》づいた。そのあと自動小銃だ。みんな、両手をあげて出ていったよ」

「それじゃ、別荘には」

「四人だけになった」

私は、鶴《つる》のような印象だった、痩《や》せた老人の姿を思い浮かべた。

「いまは、誰もいないんですか？」

「久納の坊ちゃんは、俺が」

「自殺した。そうするのが、一番いいと判断したんだろう」

山崎が、遮るように言う。一発だけ聞えた銃声がそれだったのだ、と私は思った。

「自殺することで、久納の本家を救った」

須田が、うつむいた。

いきなり上からの銃撃が来て、私たちは地に伏せた。這って移動していく。怪我をした二人は、動けないでいるようだ。

「まだ、待てよ、ソルティ。引きつけて、確実に倒すんだ」

「わかってる」

自動小銃が、何挺あるのか。たとえ一挺だったとしても、まともな勝負はできない。それでも、じっと待っているよりましだった。

岩のむこうに、人影が見えた。

私は、腹這いのまま拳銃の照準を合わせた。まだ遠い。動くのが見えた。先頭の二人が、一気に十メートルほど滑り降りてきた。狙いはつけていた。さらに十メートル。ほとんど同時に、私と若月は撃った。足と肩。両方とも、当たることは当たった。

自動小銃の乱射が来た。顔もあげることができないほどだ。ひとしきり続いた乱射が終った時、私と若月は斜面を滑り降りた。そこへ、また乱射が来た。私は肩の肉を吹き飛ばされ、腿の肉の表面を抉《えぐ》り取られた。若月も、腕を押さえて呻いている。

「拳銃四挺では、とても立ち向えない」

　須田が言った。やはり喘ぐような息遣いだ。

「俺たち二人が、残ろう。おまえたちは逃げろ。それでいいな。進一」

「いいよ、光ちゃん。息子は、無事に助け出されたらしい。俺が心配することは、なにもなくなった」

「なぜ？」

　腹這いのまま、私は訊いた。

「おまえらは、まだ元気だ。うまくすれば、逃げられる」

「逃げるために、ここに来たんじゃありませんよ、須田さん。逃げるぐらいなら、はじめから来やしない」

「しかしな」

「逃げてくれ、波崎。こんなことで借りを返せるとは思ってないが、おまえが逃げるぐらいの時間は、俺たちが稼ぐ」

「俺は、あんたになにも貸してないよ、山崎さん」

「大きな借りを作ったさ」

「四人とも、やられる」

若月が言った。

「このままじゃ、四人とも死ぬ。それを選ぶんなら、それでいい。一か八か、四人で逃げる手もあると思う。ひと組は上流へ、残りは下流へ。二手に分れて逃げれば、さらに追いにくくなる」

「四人で逃げるという案に、俺は賛成する」

私は言った。

「しかしな、波崎」

「俺は、あとで後悔するようなことは、したくない。そういう生き方は、してこなかった」

「わかった」

山崎が言った。

「俺は、光ちゃんと逃げる。波崎は、そっちの人と逃げろ」

「俺は、あんたと逃げるよ、山崎さん。そしてソルティは、須田さんとだ。これでフィフティ・フィフティの、運試しってことになる。違うか、ソルティ?」

「おまえも、たまにはいいことを言う」

若月が、ズボンのポケットに手を入れた。

「表の方が下流。裏が上流だ。いいな」

　銀色の硬貨が、雨の中に舞いあがった。素速く摑み、若月は手の甲にそれを置いた。

「表だ。おまえが上流へ行く。恨みっこなしだぜ」

「わかった」

　上流には、私の車があった。その分、私の方が有利かもしれない、という気もする。しかし遠い。途中からは、流れをはずれなければならない。

「ありったけの弾を、撃ち尽そう。相手が遠くても撃つ。それから、二手に分れる」

「待てよ、おまえら」

　須田が、喘ぐように言った。

「たまには、俺の言うことを聞いてくださいよ、須田さん。ここまで来るのも、それなりに大変だったんですから」

「おまえは、いつからそんな男になった?」

「ぶっ飛ばすんなら、それもあとにして貰《もら》いましょう。撃ちますよ。お二人とも銃を持ってるんだから、音だけでも出してください」

　若月が、撃ちはじめた。私も撃ち、弾倉を空にすると、新しい弾を装塡した。二人も撃っている。六発撃ち、新しい弾を装塡した。三発しか残っていなかった。撃ち尽し、私はそれを流れの中に投げた。

「走れ」

最後まで撃っていた若月が、銃を投げ捨てると、囁《ささや》くように言った。

私は山崎の脇に手を回して立たせ、上流にむかって走りはじめた。若月がどうしているかは、もう見なかった。

私の前を、黄金丸が走っていく。

「車だ、コー。車のところまで、戻れるな」

黄金丸は、一度ふりむいただけだった。

水の中を、しばらく走り続けた。雨はさらにひどくなり、山全体が霧に包まれたようだった。方向もわからないが、黄金丸に迷った様子はなかった。

山崎が、喘ぎはじめた。私は、いくらか進む速さを落とした。

「なぜ、俺を助けようとする、波崎？」

「なぜかな」

「おまえを、裏切った。おまえの気性なら、俺を殺しに来るだろう、と思っていた」

「助けたあとで、殺すかもしれんよ、山崎さん」

「しかしな」

「喋るな。それでなくても、多分、肺をやられているんだ。あんたが助かるかどうか、きわどいところさ」

歩き続けた。追われているという気配は感じない。走りはじめた時、派手な小銃の乱射が聞えただけだ。それきり、銃声も途絶えている。

山崎が、咳《せき》をし、血を吐いた。それでも、倒れはしなかった。

「おまえひとりに、行け、とは言えないんだな、波崎？」

「その気がない。あんたみたいな男でも、見捨てて逃げたとなりゃ、俺は男じゃなくなる。いまは、そういう時だ」

「変ったな、おまえ」

「そんな気はしてない。ただ、いろいろ考えたよ。特に、須田って男だ。なんで、あんたのために命を賭けられるのか。なんであんなことまでできるのか」

「友達《ダチ》だ」

「らしいね」

「おまえも、友達《ダチ》だった」

「喋るなよ。喋れるぐらいなら、一歩でも歩いてくれ。その方が、俺は助かる」

山崎は、歩き続けていた。顔色は、すでに蒼白《そうはく》だった。躰の中で、出血が続いているに違いない。

かなりの時間、歩き続けた。登りで、しかも流れの中だ。深さは、時には膝ぐらいにまでなった。山崎がよろけるたびに、私は脇に手を回して支えた。

「駄目だ、もう」

「歩いて貰う。なにがなんでも、歩いて貰う。まだ、歩けるはずだ」

「しかし」

歩く速度は、ひどくのろくなっていた。

「あんたに会わせてやる、と俺は広二と話をした。今朝のことだ」

「広二か」

「はじめ、言葉が喋れなかったそうだ。お父さん、とまず喋れた。それから、ひと晩かかって、やっと喋れるようになった。よほど恐《こわ》い思いをしたんだろうよ」

「お父さん、と最初に」

「よっぽど、あんたのことが心配だったんだろう。お父さんを助けてと言いたかったのに、お父さんしか出てこなかったんだよ。実際、今朝はお父さんを助けて、と言った」

山崎は、歩き続けている。黄金丸が、時々ふり返った。雨はそれほどでもなくなったが、霧がひどかった。

29　友達《ダチ》

黄金丸が、岸にあがった。

私はそこに、はっきりと私と若月の足跡を発見した。

山崎は、ぐったりしている。

私は、肩に山崎の躰を担ぎあげた。大して重くはなかった。痩せている。前から、こんなに痩せた男だったのだろうか、と私は思った。

「置いていけ」

「できんよ」

「おまえも、出血してる。肩と腿から」

「忘れてた。いずれ止まるよ」

じわじわと出血し、重く鈍い痛みがあった。痛いのは生きているからだ、と私は思い続けていた。

「俺は、久納の坊ちゃんに恩を受けた。わがままな人だったが、俺が刑務所にいる間は、家族の面倒を看《み》てくれたし、出所してからの仕事の資金も出してくれた」

「よせよ」

「言うだけ、言わせろ。俺は久納の坊ちゃんの危機は、どんなことをしても救わなけりゃならなかった。計算は、したさ。しかし、結局、こうなった」

「俺にゃ、なんの意味もないね」

「自分がやったことを、正当化する気はない。俺は、やるべきことと、やってはならないことを、同時にやった。姫島の会長は、敏感にそれを悟ったよ。半分助け、半分俺を突き放した」

「もういい」

「つらいな」

「なにが？」

「生きてることがだ。四十を過ぎたころから、時々そう思うようになった」

「だからといって、死ぬなよ。俺は、広二にあんたを会わせる。広二に頼まれた」

登りは、急だった。懐中電灯で、足もとを照らしながら降りてきたところだ。ひとりだけなら、なんとか駈けあがれるだろう。いまは怪我もしていて、おまけに肩には山崎の躰だった。何度か、濡れた土で足を滑らせ、膝をついた。

「俺は、死なんよ」

「そうだ」

「死なないってことで、いくらかでも借りを返すしかなくなってる」

山崎の声は、私のすぐ耳もとで聞えた。時々、生温いものが肩にかかる。それは、雨とはまるで違っていた。多分、血を吐き続けているのだろう、と私は思った。

「もっとしっかり生きてたら、おまえに殺されてやることもできた」

友達《ダチ》なのだろうか。金を取り戻す当てなどなくても、だから私は山崎にこだわり続けたのだろうか。

息が苦しかった。あとどれほど登ればいいのか。何時間、歩き続けているのか。

雨がひどくなってきた。水が、小径に集まり、細い流れを作っている。

「憶《おぼ》えてるか？」

「なにを？」

「最初に会った時」

「ああ」

山崎と私は、ある債務者の事務所で、ぶつかったのだった。返せないものは、返せない。好きなようにしろ、と開き直った債務者だった。コンクリート詰めで海に沈められようと、刺し殺されようと、怕《こわ》いものはなにもないと開き直っていたのだ。

そういう時も、最後の一滴を取り立てる方法はある。健康な内臓なら、かなりの値で売れるというルートがあったのだ。それを使ったことはなかったが、ルートの噂《うわさ》はかなり確かなものとしてあった。

やめろ、と山崎は言った。人間的なところで、踏み留《とど》まろうじゃないか。

山崎もそのルートの噂は聞いていて、私がそれを使う気だと察したのだった。

借金の額は二千二百万。取り立てた分の六割が、私のものになることになっていた。私は、その取り立てを諦《あきら》めるつもりはなく、私が降りれば、山崎が内臓を売り捌《さば》くに違いない、と考えた。

「俺が、あそこで踏み留まれたのは、あんたのおかげだった」

「二人いて、お互いに相手を見てた。それで、踏み留まれた。俺ひとりだったら、あのルートを使ったかもしれん。そんなもんさ」

「としても、俺は使おうという気になってた」

殴り合いをした。お互いに立ちあがれなくなるまで殴り合うと、仕事のひとつに失敗することなど、大したこととも思えなくなった。

「強いやつがいる。あの時、俺はそう思った。それでも、小気味よかった」

声が、いままでと違っていた。

私は、肩の上の山崎を、ちょっと揺さぶった。

「眠るなよ、おい」

「わかってる」

眠ったら、もう眼を醒《さ》まさないだろう。そういう気がした。

「なぜ、東京で仕事を続けた」

「坊ちゃんが、進出したがってた」

「あんな街の旅館の専務じゃいやだっての、わかるような気もするがね。資産は相当なものなんだろうが、親父にがっちり押さえられてるしな」

「親父さんは、今度のことで坊ちゃんを見離した。俺まで見離してしまったら、あの人はひとりきりだ」

「どういう関係か、俺は知らんがね。追ってきてるのは、半端なやつらじゃなかった」

「肚《はら》を決められなかったんだ、坊ちゃんは。追いつめられたら肚が決まる、と読んだ俺のせいでもある」

「どういう連中なんだ、やつら」

「香港《ホンコン》の、資産家グループの、ガードをしている組織だ。ガードには、いろんな意味がある。あらゆるものからの、ガードなんだ」

「あんたが騙したの、その資産家グループかい？」

「多分な。多分、バックにそのグループがいる」

「道理でね」

私も、喋り続けているのがつらくなった。もう、何時間、歩き続けているのか。ようやく下りになったかと思うと、道はすぐにまた険しい登りになる。

意識がふっと遠くなった。立っているのか、歩いているのかもわからなかった。意識が戻ると、私は立ち、歩いているのだった。

「死なんよ、波崎。俺は死なん」

「広二に、頑張ったと言ってやれ」

「広二か。そうか、広二だな」

前を、黄金丸が歩いていく。私は、それだけを見ていた。

なにを担いでいるのか、と時々考えた。山崎を担いでいることを、忘れたりしてしまう

意識が遠くなる。しばしば、それが襲ってくる。まだ倒れてはいなかった。私の背が、かすかに温くなる。山崎が、また血を吐いたのだろうと思う。思うだけで、もう声を出す気も起きなかった。

また、意識が遠くなった。黄金丸が吠《ほ》えている。

眼の前にあるのが自分の車だ、ということに私はようやく気づいた。

助手席に、山崎を乗せる。歩くのとは違う動きをしたので、私はしばらくうずくまった。全身が、ばらばらになりそうな気がしたのだ。

「乗れ、コー」

言って、私は車に乗りこんだ。

エンジンをかける。暖房を全開にする。視界が、かすんでいる。気づいて、私はワイパーを動かした。

走りはじめた。右手は、無意識にシフトレバーを動かしている。

どこへ行けばいいのか。

走りながら考えた。群秋生の家だと思うまでに、ずいぶんと時間がかかったような気がした。

「生きてるな、山崎さん」

山崎は、返事をしない。しかし、手をかすかに動かした。顔の色は、白い。白すぎるほどだ。言葉をかけようと思ったが、もうなにも出てこなかった。


気づいた。

ベッドの中だった。病院なのか。山崎はどうしたのか。

腕には、点滴の針だった。死んでいない。何度も自分に言い聞かせた。

「眼が、醒めた？」

玲子だった。

「ここは？」

「群先生の、来客用の寝室」

「そうか」

「びっくりした」

玲子が、躰にかけられた毛布を直しながら言った。壁に、大きな絵がかかっている。どこか淋《さび》しげな絵だった。

「山崎は？」

「亡くなったわ」

私は、眼を閉じた。自分がなにをしたのか、考えようとした。すぐに頭が混乱してくる。車で走っていた。どうやって、この街まで来たのか。それはほとんど憶えていない。私以外の人間が運転してきたような気がするが、時々、ハンドルを切っていた自分の姿を思い出したりもできる。

「悪かった」

「なに？」

「助けられなかった」

「そんなこと。いまの波崎さんを見れば、限界を超えるまでやってくれたことは、わかるわ。波崎さんが死ななくて、よかった」

「俺は、殺しても死なんよ」

玲子が、かすかに笑った。

いい女だ。そう思った。いままでの人生で、これほどいい女には、出会わなかった。

「生きてるってのも、まんざらじゃないな」

「どういう意味？」

「君と、またこうして会えた」

「また冗談ね。こんな時に」

「冗談を言う元気が、いまはない」

それだけ言って、私は眼を閉じていた。

眠ったようだ。

目醒めた時、躰にはもっと力が溢れているような気がした。

しばらく、眼を開けて天井を見ていた。

山瀬夫人が、食事を運んできた。追うようにして、玲子も入ってくる。にこにこと笑いながら、山瀬夫人が玲子になにか言っていた。

「君が？」

「そう。面倒で、わがままそうな患者さんだから。いやがらないで」

スープと、サンドイッチだった。そんなものは自分で食べれる、と言おうとしたが、私の左腕は動かすと痛く、右腕には点滴の針が刺さっているのだった。

眼を閉じ、口に入ってくるものを嚙《か》みしめた。

食事が下げられた時、ドアが開き、群秋生が入ってきた。

「こいつをやりたいんじゃないかと思ってな」

群秋生が、私の口に火のついた煙草を突っこんできた。二度、私は煙を吸った。寝ているのに、倒れていくような気がした。

「夜ですか、いま」

「なにを言ってる。朝さ、もう。あんまり、憶えてもいないらしいな。おまえは玄関までポルシェで乗りつけると、山崎の躰を担いでずかずかと入ってきた。血と泥で汚れた躰でな」

「そいつはどうも」

「大声で、広二を呼んだ。親父を、連れてきたってな」

群秋生は、もう煙草を消していた。

「それから、丸太みたいにぶっ倒れた。それだけさ」

「広二は、親父に会ったんですか?」

「いま、ここにいる」

首をあげると、群秋生の後ろに広二が立っていた。

「悪かったな。死んだ親父に会わせることになっちまった」

「いや、山崎は生きてた。もう、ほとんど喋ることもできなかったが、眼を開け、広二の手を握った。しっかり握ったそうだよ。それから、おまえとの約束を守れた、と低い声で言った。それは、俺がはっきりと聞いた」

「そうですか」

「最後に、広二の名も呼んだよ」

「名前も、呼んだんですね」

「小学校に会いに来ていたのは、やっぱり親父だったそうだ」

広二は、じっと私を見つめていた。

「行けよ。無理に俺に礼を言うことはない。おまえは元通り、親父のいないガキさ」

じっと私を見ている広二の肩に、群秋生が手を置いた。それで、広二は一度頭を下げると出ていった。

「須田も、死んだ。ソルティが担いで歩いているところを、バイクの若い連中が見つけた。怪我は、ひどくない」

「お互い、運があったのかな」

「死ぬ時にならなきゃ、人は死ねん。哲学がどうであろうと、死生観がどうであろうと、生きるしかないことはある」

群秋生が笑った。

私はまた、しばらく眠ったようだった。

「コー」

車の音がし、それが止まると、黄金丸を呼ぶ若月の声がした。

私は、上体を起こした。裸だった。眼で捜すと、ソファの上にバスローブが置かれていた。

ゆっくりと点滴の針を抜いた。滴る液体は花瓶で受けるようにし、私はバスローブを着こんだ。

片腕を吊《つ》った若月が、庭に立っていた。私を見て、声をあげる。

「コー」

窓を開け、私も黄金丸を呼んだ。

「生きてたな」

「ああ」

「東京へ帰るのか？」

「東京にも、なにもない」

「そうか。いけすかない街だぜ、ここは」

「わかってるよ」

「俺はこれから、美知代さんのところへ行くつもりなんだ」

「俺も、行こうか？」

「いや、ひとりでいい」

若月が、ちょっと笑った。意味もなく、私も笑い返した。

「友達《ダチ》ってなんなんだ、ソルティ？」

「さあな」

若月が、黄金丸の頭に手をやった。

「美知代さんのところに、行ってくる。まだ、須田さんが死んだことを、知らないんだ」

「今度は、俺が下流だ」

「なに？」

「そして、俺がコインを投げる」

若月が、肩を竦《すく》めた。

「乗れ、コー。波崎に馴《な》れたみたいに、おまえは俺にも馴れるんだ。友達《ダチ》はおまえだけって気がしてるよ、いまは」

黄金丸が、マセラーティに乗りこんだ。群秋生の車を、若月はしばらく乗り回すつもりらしい。

「またな」

若月が言った。

本書は平成八年十月に刊行された角川文庫
『たとえ朝が来ても　約束の街②』を底本としました。

Haruki Bunko
ハルキ文庫

き 3-34

たとえ朝《あさ》が来《き》ても ブラディ・ドール⑫

著者 北方謙三《きたかたけんぞう》

2018年7月18日第一刷発行

発行者 角川春樹

発行所 株式会社角川春樹事務所
〒102-0074 東京都千代田区九段南2-1-30 イタリア文化会館

電話 03(3263)5247(編集)
03(3263)5881(営業)

印刷・製本 中央精版印刷株式会社

フォーマット・デザイン 芦澤泰偉
表紙イラストレーション 門坂 流

ISBN978-4-7584-4183-4 C0193 ©2018 Kenzô Kitakata Printed in Japan
http://www.kadokawaharuki.co.jp/[営業]
fanmail@kadokawaharuki.co.jp[編集] ご意見・ご感想をお寄せください。

北方謙三

三国志 一の巻 天狼の星

時は、後漢末の中国。政が乱れ賊の蔓延《はびこ》る世に、信義を貫く者があった。姓は劉、名は備、字《あざな》は玄徳。その男と出会い、共に覇道を歩む決意をする関羽と張飛。黄巾賊が全土で蜂起するなか、劉備らはその闘いへ身を投じて行く。官軍として、黄巾軍討伐にあたる曹操。義勇兵に身を置き野望を馳せる孫堅。覇業を志す者たちが起ち、出会い、乱世に風を興す。激しくも哀切な興亡ドラマを雄渾華麗に謳いあげる、北方〈三国志〉第一巻。

（全13巻）

北方謙三

三国志 二の巻 参旗の星

繁栄を極めたかつての都は、焦土と化した。長安に遷都した董卓の暴虐は一層激しさを増していく。主の横暴をよそに、病に臥せる妻に痛心する呂布《りょふ》。その機に乗じ、政事への野望を目論む王允は、董卓の信頼厚い呂布と妻に姦計をめぐらす。一方、兗州を制し、百万の青州黄巾軍に僅か三万の兵で挑む曹操。父・孫堅の遺志を胸に秘め、覇業を目指す孫策。そして、関羽、張飛とともに予州で機を窺う劉備。秋《とき》の風が波瀾を起こす、北方〈三国志〉第二巻。

（全13巻）